# -196℃のゆりかご

藤ノ木優

Yu Fujinoki

The cradle -196℃

# -196℃のゆりかご

# プロローグ

義母の奈緒《なお》さんが倒れたと、病院から連絡があった。

持病の子宮腺筋症が悪化し、大量に出血したのだという。

薄情者だろうか？　メンタルが原因でなかったことに、私はホッとしてしまった。奈緒さんの情緒が不安定になると、かなり大変だからだ。

すぐに産婦人科の病院へと向かった。

色々な感情はあるにせよ、私は今、奈緒さんを失うわけにはいかなかった。血は繋《つな》がってはいないものの、奈緒さんは天涯孤独の身である私に唯一残された、家族と言えるような存在だったからだ。

理想的な親子関係にはなりようもなかった。でも、奈緒さんと二人きりで生きてきた。

私たちには、私たちなりの十八年があった。

しかしその後到着した病院で、年配の院長から奈緒さんの病状と共に告げられた事実に愕然《がくぜん》とした。

「あなたは、この病院で生まれたんですよ。十八年前に、明日見《あすみ》奈緒さんから」

この人は何を言っているんだろうか？　私が、奈緒さんの本当の子であるはずがない。

「義母とは、血は繫がっていないはずなのですが……」

しかし院長は不思議そうな顔をしたあと、念を押すようにこう言った。

「あなたが明日見奈緒さんから生まれたのは間違いない。だって、お産を取ったのは私なんだから」

カルテを覗《のぞ》き見ると、そこには確かに私が、奈緒さんから生まれたことが詳細に記されていた。

血が繫がっていようがいまいが、どうでもいいと思っていたはずだった。

親娘《おやこ》関係がギクシャクしているのも、世間からみれば淡白に思える関係性も、奈緒さん自身が生きていくのに必死で、私の将来に関心を示すほどの余裕がないことも。

どれもみんな、仕方がないと思っていた。

むしろ、血も繫がらない私を引き取って育ててくれたのだから、感謝しなくてはいけない。そう自分を納得させていた。

でもあの瞬間、私の根底をつかさどっていたものが一瞬で壊れてしまった。

私は奈緒さんの本当の子供で、しかもその事実を十八年間隠されていた。

頭の中で、パタパタとオセロの石がひっくり返る。

真っ白だったはずの盤面が、終盤の一手で真っ黒に染まってしまったような感覚だった。

義母だと思っていたら本当のお母さんだったなんて素敵な話じゃない。なんの関係もない人は、軽々しくそう言うかもしれない。

でもそんな簡単な話ではない。

義母だからと押さえつけていた欲求が、希望が、諦めが、すべて反感へと変わり、あっという間に心から湧き出てきた。

# 1

義母とふたりきりの生活は、いつまで続くのだろう。そう考えたことは、一度や二度ではなかった。それどころか、成人を迎える歳《とし》になり、自身に問いかける頻度は日毎《ひごと》に増えていった。

耳元の目覚まし時計が六時四十五分を告げて目が覚める。その音を消すのを待ち構えていたかのように、扉から控え目なノック音が二度鳴った。

「つむぎちゃん。朝ごはん、できましたよ」

小動物が柱の陰から周囲を窺《うかが》うようなオドオドした声に、心がざわめいた。

明日見《あすみ》つむぎ。

私は自分につけられた名前が嫌いだった。男か女か分からないし、漢字すらあてられていないことが中途半端さをより際立たせているように思えて、尚《なお》のこと好きになれない。しかし文句を言う相手はすでにこの世にはいないのだから、不満をぶつけることすらできない。

「……つむぎちゃん」

さらに遠慮がちな声が、扉の下からおずおずと入り込んできた。一枚の板を隔てた先に潜む不安を感じ、私は今日も自らの心を呑《の》み込んだ。

「着替えたら行きます。奈緒《なお》さん」

布団を剝ぎとり、クローゼットから夏服のセーラー服をひっぱりだして着替えをすませる。

壁に掛けた鏡を覗《のぞ》き込む。髪が側頭部から左右に跳ねている様を見て、ため息が漏れた。安物の寝癖直しを吹きかけて撫《な》でつける。髪型をショートに変えてから寝癖との闘いが日課になったが、ロングに戻す気にはなれなかった。

髪が整った頃には、時刻は七時に差しかかろうとしていた。慌てて部屋を出る。朝食が遅れると奈緒さんの情緒が乱れる。

廊下を歩くと、三十年の歴史を主張するように床材が軋《きし》む。千葉県、海浜幕張《かいひんまくはり》駅から徒歩十分の2LDKの中古マンションが、私たちの生活の場だ。玄関から右手に水回り、左に洋室が二つ並んでいて、その先に十二畳のリビングダイニングが続く。四人掛けのテーブルにはすでに、朝食が並んでいた。

肉じゃがと茄子《なす》の味噌汁《みそしる》。メインはハムエッグで、茶碗《ちゃわん》には五穀米が盛られ、小皿にミニトマトと粉砕したナッツが散らされたグリーンサラダが添えられている。

栄養のプロだけあって奈緒さんの献立には隙がない。

対して、奈緒さんの前にあるのは少しの肉じゃがだけだ。栄養士なのに食欲という概念がないのか、彼女は一日の活動に必要な最低限のカロリーしか摂取しない。でもきっと、第三者が見たら驚くのは食事量の違いではなく、奈緒さんの姿のほうかもしれない。

とにかく華奢《きやしや》な奈緒さんは、脂肪のない体を守るかのように、どんな季節でも長袖のニットをまとっている。だから、義娘の私ですら彼女の素肌を、もう十年以上見ていない。背中は穂が実った稲のように曲がり、うつむきがちで中々視線が合わない。左右に垂れ下がった黒髪は、ただでさえ細い彼女の輪郭を覆い隠している。あと数年で四十のはずだが、その姿からは年齢どころか性別すら見えてこない。

『つむぎちゃんのママって、幽霊みたいだね』

小学三年生の授業参観のあとに同級生の知恵《ちえ》ちゃんからそう言われたことがある。彼女のママは華やかな顔立ちで、周囲に笑顔を振りまき、上品なスーツの胸につけていたブローチがきらりと輝いていて、隣には優しそうなパパも立っていた。

「つむぎちゃん。……どうしたの？　食欲ない？」

おどおどした声にハッとすると、ようやく奈緒さんと目が合った。困ったように眉を下げ、うっすらと口角を上げている。陰鬱なシルエットに嵌《は》め込まれたぎこちない笑顔は、かえって奈緒さんの異様さを際立たせてしまっている。

「ごめんなさい。考えごとしてた」

慌てて箸を手にとり、じゃがいもを口に放り込む。

肉じゃがといえばホクホクした食感の男爵いもを使うのが一般的だが、わが家のそれはメークインだ。いつかその理由を訊《き》いたことがあったが、食卓に残りものが並びがちな家庭料理では、煮崩れしないメークインの方が合理的なのよと説明された。なるほどと思うよりも、奈緒さんの口から『合理的』という言葉が出たことに驚いた。

「味、変? 大丈夫?」と、奈緒さんが不安気に訊いてくる。

「そんなことないです」

わずかに塩味が強いメークインを咀嚼《そしゃく》しながら、私は平静を装った。奈緒さんの料理は美味しいのだが、心の乱れが味に出る。些細《ささい》な変化かもしれないが、幼少期から食べ続けた私には分かってしまう。最近、その味は不安定さを増している。だけど、そんなことは指摘できようはずもない。

困ったような笑顔を浮かべている奈緒さんを見て思う。

私が彼女に対して、いわゆる母親の役割というものを期待しなくなったのは、いつからだろうか。

母親の役割と言っても、それを言葉にして定義するのは難しい。奈緒さんは、仕事をしながら掃除、炊事、洗濯などの家事を毎日やってくれている。だけど、それをするから母親だ、というわけではないと思う。

私が求めていたのは、心の繋《つな》がり、安心感、信頼、思いやり、もしかしたら、そういった漠然としたものなのかもしれない。摑《つか》もうとするとふわりと散ってしまうようなあやふやなそれらは、きっとなにかを訊いたときの返答や、日々の何気ない会話とか、もしくは

LINEの返信だったり、そんな一つ一つのやりとりの積み重ねで、自然と出来上がっていくものだと思う。

となると、私たちの間には、そういったものが絶対的に足りていない。

記憶もおぼつかない頃は、奈緒さんともっと密に関わっていたと思う。幼い頃の私は、奈緒さんに母の姿を求めていたし、期待していたのだろう。

あの頃はリビングのソファーで奈緒さんと一緒にテレビを観《み》たりもしていた。奈緒さんはソファーの隅にちょこんと座り、困ったような笑顔はその時から変わらないが、少なくとも今よりはもう少し会話をしていたと思う。

明らかに会話が減ってしまったのは、小学生になって幼児向けの番組を卒業した頃だ。ドラマや芸能人のトーク番組を見ても、奈緒さんとの会話は弾まない。結婚したパートナーの不満を口にするタレントを見ながら、『この人は、なんでこんな人と付き合うことにしたんだろうね?』なんて訊いても、奈緒さんはいつも困ったように笑うだけで、なにも答えてくれない。

人付き合いが苦手な彼女にそんな質問をしても辛《つら》いだけなんだと理解したのは、随分経《た》ってからだった。私は、無邪気に無自覚に奈緒さんを傷つけてしまったのだと気づいて、それ以来リビングでテレビを観ることもなくなり、自室に籠ってスマホを観るスタイルになった。

仕事と家事の両立でいっぱいいっぱいになっている奈緒さんを助けたいと思った時期も

ある。しかし手を出そうとすると必ず、『つむぎちゃんにそんなことをしてもらうなんて申し訳ない』と言って、彼女は同じように不自然に笑うだけだった。

むしろ私が手伝うことが、逆に迷惑なのかもしれないと感じたのは、料理を運ぼうと、キッチンに入ったときだった。奈緒さんが洗おうとして落としてしまった包丁を咄嗟《とっさ》に拾おうとしたら、彼女は過呼吸を起こして倒れそうになった。それから、苦しそうな呼吸をしながら私の両肩を強く摑み、『包丁は危ないから、入ってきてはいけません』と泣きそうな声で言うので、あれ以来、キッチンに足を踏み入れることすらなくなった。

そんなすれ違いを重ねた結果、奈緒さんとの接点は、当たり前のように減っていった。だけど、歳を重ねるとわかってくる。他人同士が暮らすというのはそういうことなのだ。お互いを傷つけないように、各々のテリトリーを尊重し、干渉しないことが重要なルールで、奈緒さんはとりわけそのテリトリーが広く、繊細だったのだ。

私たちには、私たちの十八年がある。

お互いのテリトリーの重なりを削《そ》ぎ落としていった結果、いまでは、顔を合わせるのが朝晩の食卓くらいになってしまった。

「つむぎちゃん」

まだ私のことを見つめる奈緒さんの視線が、不安に揺れていることに気づいて、ハッとする。

息苦しい空気を払うかのように、箸を動かす手を早めた。

バリエーション豊かな奈緒さんのご飯の中で、肉じゃがだけは毎週のように食卓に並ぶ。数えきれないほど食べてきたからこそ、この料理の味が奈緒さんのメンタル状況を測る、一番のバロメーターになっていた。

メークインを無心で口に放り込んで咀嚼する。

「ごちそうさまでした」

朝のフルコースを詰めこんだあと、スクールバッグを粗雑に摑んで立ち上がり、リビングの扉へと向かう。

「あ……」

か細い声に呼び止められて足が止まる。振り向くと、奈緒さんがテレビ台の隣の収納ラックに目を向けている。

「ごめんなさい。忘れてた」

収納ラックの前に立ち、チェリーウッドの天板に並べられた二つの古い写真に向かって手を合わせた。

右側の写真は、小さな女の子と四十歳くらいの女性のツーショット。左隣の写真には、白髪《しらが》交じりの男性がカメラ目線で一人で写っている。記憶もおぼつかない頃に亡くなった、私の母と父だ。

歩き始めたばかりの頃の写真だろう。私は、母の腕を両手で強く握っている。鮮やかな緑のカーディガンを着こなした母は背が高く、意志の強そうな太い眉が特徴的で、その面影は自分にも受け継がれているように思える。だが柔和《にゅうわ》な笑顔は私にはないもので、母と言われても正直ピンとこない。ただ、少なくともこの頃の私は、隣に立つこの人に全幅の信頼を寄せていたのであろうことが見てとれた。

家にある両親の写真はこれだけで、一段下の飾り棚には奈緒さんとの写真が並ぶ。保育園の卒園式、小学校の入学式と卒業式、節目のイベントでしか私たちは写真を撮らなかった。しかし小学校の卒業式の写真から互いの距離が不自然に開き、中学校の卒業式からは写真を撮ることすらしなくなった。

「行ってきます。お父さん、お母さん」

毎朝のルーティンを済ませてから、リビングを出る。

「気をつけて行ってきてね。つむぎちゃん」

高校生にもなって、ちゃん付けしないで欲しい。だけど結局この日も、私はそんなことすら言うことができなかった。言ってしまえば、奈緒さんがパニックに陥る、それは火を見るより明らかだったから。

八時五分、予鈴が教室に鳴り響いた。猛暑にもかかわらずエアコンすらつかない教室に、三十二名もの生徒が詰め込まれている。

私の家庭は同級生たちとは違う。それを知るのにあまり時間はかからなかった。義母と二人きりの家庭で、さらにその義母はパニック障害に悩まされていて、精神安定剤と眠剤、それから発作時の頓服薬が手放せない。人混みが苦手で、異性とも関われず、想定外の出来事に対応できない。奈緒さんの心のコップの水は常に縁まで満ちていて、少しの揺れでもこぼれてしまう。

私の勝手で奈緒さんに無理をさせてはいけない。それをつくづく実感したのは、小学生になったばかりの頃だった。

近くの小さな公園で、毎年開催される夏祭りがあった。その煌《きら》びやかな空気に憧れ、自分も参加したいと毎年のように訴えたが、叶《かな》う事はなかった。それでもなんとか説得に成功して奈緒さんを外に連れ出したものの、早々に酔った男性集団に絡まれ発作を起こしてしまい、救護テントに運び込まれた。通り過ぎる人々の足音と笑い声、遠くに響く太鼓の音が私の唯一の夏祭りの思い出だ。

自身の家庭環境を嘆いた時期は当然の如《ごと》くあった。父と母はなぜ私を置いて交通事故なんかで亡くなったのだろう。嘆きはやがて、憧れへと変わった。学校で親の愚痴を言い合う友人たちが羨《うらや》ましかった。親との喧嘩《けんか》の顛末《てんまつ》を話したり、つき合っている彼氏について詮索されるのをウザがったり、模試の成績が落ちてこっぴどく叱られたり、どれも私にはないエピソードだった。

叶わぬ憧れは、心を屈折させた。中学生になる頃の私は、満たされた家庭の中に潜む影を醒《さ》めた目で観察してしまうような、捻《ひね》くれた人間に育っていた。

皆、意外と悩みを抱えている。

隣に座る真也《しんや》の家は、下に四人の兄弟がいる大家族だが、給食費の未払いが問題になっている。彼の母は昼にスーパーのレジ打ち、夜は近所のスナックで働いているが、有名なのは父親の方で、駅前のひなびたパチンコ屋の開店前の行列に、ズタボロの白のジャージを着て連日並んでいるそうだ。

後ろの席の知恵ちゃんは、昨年から両親の不仲を抱えている。父親の不倫が原因だそうだ。初めてその噂《うわさ》を聞いた時には、あの優しそうなパパがと驚いた。すでに両親は喧嘩すらしない状態で、家の中には氷のような冷たい時間が流れているらしい。知恵ちゃんの高校卒業を待って、正式に離婚が成立するそうだ。

ガラリと開いた教室の戸から、一週間の停学から明けた洋子《ようこ》が入ってきた。鮮やかに染め上げた金髪はすっかり黒髪に戻っている。人目を気にするように背中を丸めた洋子は、スクールバッグを脇に抱えたまま着席した。田中《たなか》洋子という平凡な名前も、カールの効かない直毛も、奥二重の目も、偏差値五十の成績も、サラリーマンの父親に専業主婦の母親も、全てが普通であることにうんざりしていた彼女は、学園祭で知り合った男にそそのかされ、一大決心して髪を染めた。しかしその結果、激昂《げきこう》した父親にひどく怒られ、停学にもなるという散々な目に遭った。

家族というのは、家族であるが故に、大きな悩みを抱えることもある。だから、そもそも家族なんていない方がいいのかもしれない。手に入れられないから羨んでしまうのだ。手が届かないところになっている真っ赤なリンゴはいかにも美味《おい》しそうに見えるが、実際に食べてみたら、思いの外苦くて酸っぱいかもしれない。いや、きっとそうに違いない。いつしか私は、自分にそう言い聞かせるようになった。

最高の人生は歩めようもないが、最悪でなければいい。両親はいないけど、離婚問題で悩むことはない。奈緒さんはきちんと働いていて生活費が不足したことはない。将来について奈緒さんと真剣に語り合う日はこの先もないだろうが、大きな衝突もない。それで十分だ。

若者らしからぬ醒めた考えだと思う人もいるだろう。そんなことは分かっている。しかし散々悩んできた上で今の諦めがある。私は自分の人生に納得している。

——そう思っていたはずなのに。

夕立を告げるような暗雲が心をあっという間に埋め尽くす。このところ、言いようのない不安とイラつきが波のように押し寄せてくる。私はその理由を分からずにいた。

黒板を睨《にら》みつけていると、教室の戸が開き、担任の佐伯峰子《さえきみねこ》先生が姿をあらわした。袖口がふわりとしたベージュのブラウスに、くるぶしまで伸びるブラウンのシンプルなワイドパンツを穿《は》いている。教卓に立つと、身長百五十センチの先生の胸から下がすっぽりと隠れた。

「おはよう」と言って、先生は爛漫《らんまん》な笑顔を生徒たちに振りまいた。

美人というわけではないが愛嬌《あいきよう》がある。でも、頬に散ったそばかすはほうれい線にすっかり馴染《なじ》んでいて、さすがに年齢は隠せない。奈緒さんと同じくらいの歳のはずだが、その辺の事情は多分、男子の方が詳しい。彼らは病的なくらい女性の容姿や年齢の話が好きで、陰で先生のことを『峰子おばちゃん』『年増先生』とからかっている。そんな声を知ってるだろうに、先生はすっぴんに近い顔で仕事をしている。もう少し化粧を厚くして、シミみたいなそばかすを肌の色に馴染ませればもっと若く見えるのにとも思うが、自然体でいるのが先生の信条らしく、異性に媚《こ》びる様子がないところから、彼女を支持する女子生徒は多い。

ざわざわした中で、先生は柔らかい視線を洋子に向けた。

迷子の子犬のようにおどおどしていた洋子の顔が、まるで飼い主を見つけたかのように緩む。それから先生は皆に顔を向ける。生徒一人一人に視線を配るように見渡していくと、徐々に私語が減っていった。やがて私と視線が合う。邪気のない瞳に陰鬱な心を見透かされているように思えて、目を逸《そ》らしたくなった。

峰子先生は生徒から信頼されている。

特に相談事には真剣に向き合ってくれ、困ったことは峰子先生に相談すれば大丈夫という意識が、生徒たちに浸透している。

静かになったのを確認した先生が口を開いた。

「夏休み前に三者面談があります。これからプリントを配るから、日程は各自チェックして下さいね」

フルートみたいに澄んだ高い声が響く。最前列から回されてきた日程表には、四日間に渡る三十二名の面談予定が記載されていた。無作為なように思えるが、よく見れば法則があるように思えた。どの日程も後ろの時間になるにつれて共働き世帯が増えていき、最後の方には一人親の家が目についたからだ。

私の枠は最終日の最後だった。日の最終枠に、話が長引きそうな家庭を選んだのだろうか。

「なにか質問がある人はいますか？」

義母との関係が心配だから、私が一番後なんですよね？

心の中で問いかける。峰子先生が担任になってから、奈緒さんとの生活について、それとなく訊かれることが増えた。暗に相談の手が差しのべられていることは自覚していた。だが、その手を握ったことは一度もなかった。

左前の席から手が上がった。

「浅田《あさだ》くん、どうぞ」

スッと立ち上がったのは、幼馴染の純《じゅん》くんだ。スポーツ刈りに、整えてもいないのに細くてキリリとした眉。彼は見た目どおりの優等生だ。予定表を見ると、浅田純也《じゅんや》の名は私の前日の最終枠に刻まれていて、明日見つむぎと並んでいる様子は、小学生からの私たちの腐れ縁を表しているかのようだった。

優等生の彼は、本来なら最終枠に回されるような生徒ではない。だが、

「どうしても親が来られない場合はどうなりますか？」

純くんの家は父子家庭だ。小学二年生の頃に両親が離婚した。父親は地元の総合病院に勤める外科医でいつも忙しい。一緒に暮らしているおばあちゃんは認知症が大分進行していて、そろそろ施設に入れようかと検討しているらしく、面談どころではないのだろう。

先生が優しい笑顔で答えた。

「どうしてものときは個別に対応するから、いつでも声をかけて」

その言葉は、なんだかこちらにも向けられているような気がして、私は思わず目を逸らした。窓から差し込んだぎらついた太陽の光が、やたらと眩《まぶ》しかった。

学校終わりに純くんに誘われ、二人並んで校門を出た。別に特別なことではなく、保護者会に授業参観、運動会、学校で家族が関わる話が出ると、私たちは二人で過ごすことが多かった。

私たちは満ちることがない月だ。

だからこういうときに満月たちと対面するのが息苦しいことを知っている。学年が上がるにつれて似たような家庭環境の同級生が増えていったものの、義母と暮らす私と父子家庭の純くんはやはり珍しく、私たちは半月でもなく、消え入りそうな三十日月《みそか》のようなものだった。

通学路から一本外れた路地を歩く。

「公園、寄ってくか？」

「うん。いいよ」

二人の帰路の分かれ道に、小さな公園がある。夏祭りのときに、奈緒さんが倒れた場所だ。砂場とブランコと木製のベンチが三つあるだけの名前も知らないこの公園が、昔からの溜《た》まり場だった。赤いペンキがすっかり剝げた右端のベンチが、私たちの特等席だ。

砂場で三組の親娘が遊んでいる。小さな頃の私はその輪に入ることがなかった。奈緒さんが私を公園に連れてきてくれるのはいつも夕方以降の人気《ひとけ》のなくなった時間帯で、私は誰もいない砂場で一人遊んでいた。

子供たちが、母親を交えて楽しく遊んでいる様子を眺めていたら、隣で純くんが口を開いた。

「三者面談、どうするの?」

「どうするって、なにをよ」

少し言い淀《よど》んだ純くんがこちらに視線を向ける。

「奈緒さんは来るの?」

クラスで私の家庭の事情を詳しく知っているのは純くんだけだ。奈緒さんの話題を出された私は、思わず目を逸らす。

「来ないよ」

「面談のことは話してるの?」

「……話すわけないじゃん」

小さなため息が耳を触った。

「高三の面談なんだから、進路の話もするだろう。流石《さすが》に親も出ないといけないんじゃないの」

「そんな話をしたら、奈緒さん倒れちゃうよ」

進路についてはうやむやのまま高校三年生になった。

「そもそも奈緒さんは親じゃないしね」

「それは流石に気の毒じゃないか」

今度は私がため息をつく番だった。

「純くんって、結構奈緒さんの肩を持つよね」

その声に動揺を感じた私は、純くんをじっと見つめた。

「そんなことないよ」

「美味しいナポリタンを食べさせてくれたもんね」

途端に目が泳ぐ。

「図星だ」

純くんが不貞腐《ふてくさ》れたようにそっぽを向く。

「そりゃあ奈緒さんには恩があるから、気にはなるよ」

彼は私たちのマンションに足を踏み入れたことのある、極めて珍しい人物だ。

十年前、今日みたいに暑い夏の日、下校途中の純くんがこのベンチにポツリと座っていた。米俵でも背負っているかのように背中を丸めて、苦しげな表情をしていた純くんを見て、私は『どうしたの?』と、思わず声をかけた。

『母さんに捨てられた』

ぶつけようのない怒りを吐き出すようにそう言った純くんは、それから、堰《せき》を切ったようにわんわんと泣き出した。親がいないことの辛さは重々知っていたつもりだったが、それでも私は純くんにかける言葉を一つも見つけられなかった。私の家も同じようなもんだから元気出しなよ、などといういかにも薄っぺらい共感の言葉なぞ、当事者にとって一つの救いにもならないことを痛いほど知っていたからだ。

純くんは泣き止《や》まなかった。

困り果てた私は、あろうことか奈緒さんを頼った。仕事と買い物以外には滅多に家を出ない奈緒さんは、人目を避けるように背中をかがめてやってきて、嗚咽《おえつ》している純くんを見て、オロオロしながら過呼吸発作を堪《こら》えていた。それから意を決したように純くんに二言三言話しかけて、最後に『ご飯を食べましょう』と言って、家に迎え入れた。奈緒さんが他人を家に入れるなんて初めてのことだったから驚いたが、きっと彼女は、ご飯を作って一緒に食べる以外のコミュニケーションツールを持っていなかったのだ。

なにを食べたいですかと訊かれた純くんは、ナポリタンと答えた。その日奈緒さんが作ってくれたナポリタンは、隠し味のウスターソースがいつもよりも大分効いていて、もはや別の料理になっていたが、純くんは嗚咽しながら食べた。奈緒さんは背中をかがめたままへラヘラと笑っていて、三人でただ黙々とナポリタンを食べるという変な時間が流れたが、完食した純くんは、『ありがとうございました』と頭を下げて我が家を後にした。真っ赤に腫らした目からは、涙はすっかり消えていた。

「男って単純だよね。胃袋で簡単に女を信用するんだもん」

純くんが口を尖《とが》らせた。

「んなことはないけど、やっぱり食は大事だよ。うちの親父《おやじ》は料理を作れないし、ばあちゃんだってこっちきたのは認知症になってからだから、家庭の味なんて知らないんだよ」

「だったら、前みたいにうちに来ればいいのに」

あの日から純くんは頻繁に家に来るようになった。だけど、声変わりを迎えるとともに、ぱたりと敷居を跨《また》がなくなった。

「この歳になって女性二人の家に押しかけるなんてできないよ」

純くんは、奈緒さんの男性恐怖症に気を遣っている。

「律儀だね」

「真面目《まじめ》なんだよ」

相手の親のことをおもんぱかれるのは、親がいないからこそできるのかもしれない。私たちは同じような境遇が故に、互いの家庭環境について気兼ねなく話せる。同時に越えてはいけない一線に対しても敏感だ。不完全ながらも積み上げてきた家族の形がこの上なく貴重なものなのだと、他の誰よりも知っているから。

「三者面談はもういいよ。適当に理由つけて、一人で峰子先生と話すから」

話を切ろうとしたのだが、純くんはビジネスマンみたいに両手を組んで、顔をグイと寄せてきた。

「卒業したら働くのか？」

「そのつもりだよ。だってこれ以上、奈緒さんの世話になるわけにはいかないっしょ」

奈緒さんは母の遠い親戚筋だ。血の繋がりはほぼない。なにを思って私を引き取ってくれたのかは分からないが、そんな決断をしてくれた彼女に対する恩はある。だから私は、心の中で三つのルールを決めていた。

わがままを言わない。グレない。迷惑をかけない。

奈緒さんは妙齢の女性だ。男性恐怖症の彼女が誰かと一緒になる姿なぞ想像できないが、女性にとって大切な時間を私と一緒にいることで失ってしまったという後ろめたさもある。だから、好き勝手に人生を謳歌《おうか》する権利は、私にはない。

「本当にそれでいいのか？」

純くんの言葉が、ちくりと心を刺した。イラつきがちょこんと顔を出す。私はそいつを心の奥に押し込んだ。

「別にやりたいこともないしさ。そんな私が、奈緒さんの貴重なお金を使って大学行っても、もったいないでしょ。それなら自分でお金を稼いだ方がいいじゃん。まだ半年あるからゆっくり就職先を探すよ」

「つむぎがそれでいいならいいけどさ」

渋々といった様子で純くんが黙り込んだ。なんとも気まずい沈黙が赤いベンチを彷徨《さまよ》う。互いのやり場のない視線が、家族連れで賑《にぎ》わう砂場で交錯する。

先に無言に耐えられなくなったのは私の方だった。

「純くんこそどうなのよ。医学部行けそうなの？」

「まあなんとか。でもやっぱり地方の国立狙いになると思うけど」

「私立は難しいの？」

「金銭的にね。親父は応援してくれてはいるけど、病院の平社員的立場だし、当直だってあまりやってないから、私立に行けるほどの余裕があるわけじゃないんだ」

小学生から見てきた純くんは、たしかに漫画で見るような何不自由のない大金持ちというわけではなかった。

「三者面談で進学先を絞り込むつもり。東北か九州のどこかになるだろうな」

「じゃあ、しばらく離れちゃうね」

そんな言葉がポツリと口から飛び出してしまって、しまったと思う。それから純くんの顔を見ることができなくなった。

再び沈黙が落ちる。それに引き寄せられるかのように、閉じ込めていたイラつきが戻ってきて、あっという間に心が支配された。ここ最近の言いようがない不快感の根底にあるものを、私はようやく理解する。私は高校卒業という強制的にやってくるイベントに対して、なんの準備もできていないことに焦っているのだ。

あの日この公園でわんわん泣いていた純くんは、自分の夢に向かって羽ばたこうとしている。対する私は将来を考えることを先延ばしにしたまま、その時を迎えようとしている。

脳裏に奈緒さんがチラついた。こんな暮らしがいつまで続くのだろう。いっそこの鬱々とした現実から、だれかが強引に引っ張り出してくれればいいのに。

落とした目に、がっちりと組まれた両手が映る。すっかり節くれだった純くんの指は木の幹みたいで、力強さを感じ安心感を覚えた。だけど、昔は気兼ねなく繋いでいたその手に、私はいつからか触れることすらできなくなってしまった。でも、

——その手を差し出してくれたなら。

『どうせ就職するなら、俺と一緒に来いよ』

そんな言葉があれば、きっと衝動のままに純くんの手を掴むだろう。だけど彼は間違ってもそんなことは言わない。

いっそ異性じゃなければよかったのに。

私が初めての生理を迎え、少ししてから純くんの声が変わり、私たちは違う生物へと変わっていった。それからはもう、純くんとは純粋な相談相手としての関係ではいられなくなってしまった。二人でいれば言葉なんていらないと思っていた時期だってあったのに、いまや二人の間が目に見えないパーティションで遮《さえぎ》られているみたいだ。

そんな遮蔽物《しゃへいぶつ》など壊してしまえと、何度思ったことだろう。しかし私は、男女が婚姻と

いう契りを結んだとしても、それが容易に壊れうることも知ってしまっている。

「そろそろ帰るか？」

二人で過ごせる残り少ない時間が、無情にも終わってしまう。

「別にまだ大丈夫だけど」

純くんが困ったように眉を下げた。

「遅くなると、奈緒さんも心配するだろう」

現実に引き戻される。さっきまで気にならなかった蟬《せみ》の鳴き声が、五月蠅《うるさ》いほど耳に鳴り響いた。

「そうだね」

純くんが腰を上げるのに遅れて私も立ち上がる。純くんが私を見上げる形になった。

「また背が伸びたか？」

身長百六十センチの純くんは、私よりも十センチ低い。

「女性に身長のことはあんまり言わない方がいいよ」

そう言うと、純くんはバツが悪そうな顔で頭を掻《か》いた。

「堂々としてるから、背が高いのが自慢なんだと思ってた」

「背が高くていいことなんてないよ。スポーツなにやってるんだって絶対訊かれるし、どこ行ってもおじさんたちがジロジロ見てくるから、正直うんざりしてる」

「女性って大変なんだな」

「髪を切ってから、もっと見られるようになったよ」

「だったらそんなにバッサリいかなければよかったのに」

純くんが残念そうにこちらを見上げる。私は、純くんを挑発するように長い髪をかきあげる仕草をしてみせた。

「純くんも長い髪の私が好きだった？」

途端に彼の頬が真っ赤に染まる。

「バカ言うなよ。髪型なんかで好き嫌いが変わるかよ」

「ウソだ。この髪型、男子から不評なんでしょ。やっぱりみんな黒髪ロングの清楚《せいそ》系が好きなんだね」

反面、女子からは大好評だ。髪を切った当初、男子たちはざわついて、珍獣を見るような目つきで私を見ていた。

「不評っていうんじゃなくて、つむぎになにかあったのかって不思議がってたんじゃないのか？」

それも男子の反応のテンプレだ。『フラれたのか？』『元気出せよ』『誰か紹介しようか』、みんな勝手なことを言う。女は自由に髪も切れないのかと思った。

「私は自分のやりたいようにしてるだけだよ」

「でも小学校からずっと長かった髪を切ったんだから、何か理由くらいあるって思うだろう」

「別に、髪を長くしてたのにも理由なんてなかったけどさ」

切ったのは去年の冬だ。

今日みたいにイライラが止められなくなって、千円札を握りしめて格安美容室に駆け込んだ。美容師さんのハサミが動くたび、頭がどんどん軽くなっていった。これで心のざわめきも軽減されるだろうと期待したが、あまり気分は晴れなかった。

私はなぜ、衝動的に髪を切りたくなったのだろう。

その答えは自宅に帰ったときに知れた。私を出迎えた奈緒さんが一瞬見せた表情を、私は今でも忘れられない。

「つむぎ？」

純くんの声にハッとする。

「ごめん。考え事してた」

空を見上げた瞬間、スクールバッグからけたたましい音が鳴った。スマホの画面を見ると固定電話の番号が表示されている。

「知らない番号だ」

やたらうるさく感じる音。早く電話を取れとスマホからせっつかれているように思えて、心がざわめいた。

「どうしよう。取った方がいいかな？」

少しだけ思案顔を見せた純くんが頷《うなず》いたのを見て心が決まる。電話を取ると、聞こえてきたのは年老いた男性のダミ声だった。

『明日見つむぎさんの携帯でよろしいですか？』

記憶にない声に不安が増す。心配そうにこちらを見ている純くんに向かって、小さく首を振った。

「あの、どなたですか？」

『ああいかん』

小さな咳払《せきばら》いの後、さらに男性の声が続いた。

『失礼しました。私、笹井《ささい》医院の院長の笹井三郎《さぶろう》と申します』

「笹井医院？」

病院と言われて頭に浮かんだのは、もちろん奈緒さんだった。奈緒さんはメンタルクリニックにかかっている。

「精神科の病院ですか？」

豪快な笑い声が耳に響いた。

『いやいや、うちは産婦人科ですよ。検見川浜《けみがわはま》にあるお産病院です』

「さん……ふじんか」

せっかちな口調に一瞬聞き間違えたのかと思ったが、『そうです、そうです。産婦人科』と笹井が念を押すように言った。

隣で訝《いぶか》しげな表情を見せた純くんが、すぐにスマホを取り出した。見せてくれたのは、茶色の外壁のいかにも年季が入った、古い病院が映ったホームページだった。『開業五十年、地元検見川浜の妊婦さまの支えとなるお産病院を目指して』とキャッチコピーが記されている。

肌が粟立《あわだ》つのを感じた。

『実はお母様が仕事中に倒れて、うちに緊急入院になりまして』

「緊急入院！」

なぜ奈緒さんが倒れたのか、なぜ産婦人科なのか、疑問が次々浮かぶが、情報が整理できない。

「あの……、奈緒さんは大丈夫なんですか？」

『その辺りも含めて病状の説明をしたいのですが、すぐにうちに来られますか？』

軽い口調ではあったが、有無を言わさぬ切迫感もあった。純くんのスマホ画面をもう一度確認する。検見川浜は隣駅だ。

「すぐに行きます。三十分もかからないと思います」

『わかりました。着いたら正面玄関から入って、受付で院長を呼んでくれと言ってもらえればいいので、よろしくお願いします』

ありがとうございました、を言う前に電話が切れた。

「奈緒さん、大丈夫なの？」

「分からない。これからその病院に行ってくる」

「俺も行くよ」

すぐに言ってくれた言葉がたまらなく心強かった。

奈緒さんがいなくなれば私は一人で生きていかざるを得ない。今まで考えないようにしていた事実を、その電話に突きつけられた気がした。

汗だくになりながら小走りで二十五分、海浜幕張と検見川浜を隔てる花見川を渡った先に笹井医院はあった。

ホームページよりもさらにくすんだ茶色のレンガ造りの四階建て。玄関前は小さなロータリーになっており、枝だけになった桜の木が周りを囲っている。壁に掲げられた、すっかり錆《さ》びついた古めかしい銘板を見て、胸のざわめきが高まる。

午後五時過ぎ。外来は終わっているのだろう。玄関口はがらんとして、靴箱には沢山の来院者用スリッパが並ぶ。ガラス越しに見える院内には、入院患者と思われる室内着をまとったお腹《なか》の大きな女性が三人、診察室の前の椅子に座っていた。

「産婦人科の病院って、なんか緊張するな」

周囲を見回した純くんが肩をすくませる。その言葉どおり、分厚いガラス戸の先は出産という一大事に臨む女性たちの聖域のように思えて、戸を開くのがはばかられた。

「学生服の男女で院内に入ると、相当目立ちそうだね」

もちろん悪い意味でだ。

「純くんはここまででいいよ」

「大丈夫なのか？」

「うん。一緒に来てくれただけですごく助かった」

「近くで時間潰してるよ。終わったら連絡して」

院長の電話からずっと鼓動の早まりが治らない。

「ありがとう。あんまり遅かったら帰っていいからね」

「大丈夫だよ。適当に勉強してるから」

病院を後にする純くんを見送ってから、私は気持ちを整えるようにため息を吐《つ》き、重いガラス戸を開いた。


受付で電話をもらったことを告げると、第一診察室という部屋に案内された。

外観と同じく年季の入った診察室のベージュの壁紙は黄ばんでいて、全体的にどこか薄暗い。右手の壁側に診療用ベッドと大きな機械が備え付けられている。テレビのような画面の下にタッチパネルがついているが、妊婦用の診療機器だろうか。反対側には診療机と事務椅子があり、机には真新しいパソコンが置かれている。

患者用の丸椅子に座って十分ほど待っていると、診療机の奥のバックヤードから「いやー、すみません」としわがれた声が聞こえてきた。電話の声の主だと分かり、緊張が増す。

慌ただしい足音と共に姿を見せたのは、白髪の坊主頭に黒縁メガネの男性だった。胸元に汗染みの目立つ緑の術衣をまとっている。事務椅子にドスンと腰掛けると同時に、マシンガンのように喋《しゃべ》り出した。

「遅くなって申し訳ない。お産が立て込んでしまって。私、電話した笹井です。よろしく」

顔には深い皺《しわ》が刻まれているが、ぎょろっとした目が爛々《らんらん》と輝いていてあまり年齢を感じさせない。メガネの右側のレンズには、少量の血液がこびりついていた。乾き切った赤黒い血液が、ここが病院であることを思い出させて背筋がこわばる。

「あの」

奈緒さんは大丈夫ですかと訊こうとした声は、笹井の畳み掛けるような声にかき消された。

「明日見奈緒さんのお嬢さんですね」

違いますと言おうとするも、笹井は答えを聞くつもりはもとよりなさそうだった。腕組みをして眉をしかめる。

「だから方針をどうするのか、早く決めたほうがいいって言ってたのにねえ。いきなりこんな状況になっちゃったら、お嬢さんも大変だよね」

同意を求めるかのように何度も頷きながら、矢継ぎ早に言葉を投げかけてくる。このまま笹井のペースに巻き込まれるわけにはいかない。わずかな言葉の切れ目に声を挟む。

「すみません。私、まだなにも説明を聞いてなくて。奈緒さんに一体なにがあったんですか？」

笹井が蛙《かえる》のように目を見開いた。それから額をぴしゃりと叩《たた》いて豪快に笑い出した。

「ああ、そこからでしたっけ。いかんいかん。私はせっかちだって、スタッフからもよく怒られるんですよ」

メガネの位置を直して今度はパソコンを睨み始める。「明日見、明日見……奈緒さんね」ブツブツ呟《つぶや》きながら、キーボードを叩く。やがて「あったあった」と大きな声を上げた。

「お母さんがうちに通院していたのはご存じですよね」

当たり前のように言われたものの、そんな話は寝耳に水だ。

言葉を返せずにいると、笹井の目がさらに丸くなった。

「呆《あき》れた。それも話していなかったの？」

「悪い病気なんですか？」

気づいたら体が前のめりになっていた。心臓がわずらわしく音を立てる。

「まあ、がんとかではないんだけどね。厄介といえば厄介な病気だよ。ええと、画像は……どこだっけ」

心に芽生えた不安は、笹井の言葉一つ一つによって、まるで風船のように膨れていく。

「子宮腺筋症って病気です」

「子宮……きんしゅ？」

笹井が大きく首を振った。

「子宮腺筋症ですよ。せ、ん、き、ん、し、ょ、う。ご存じなかった?」

その質問が、奈緒さんがその病気を患っていることについてなのか、病気そのものについてなのかも分からない。どちらにせよ答えは『いいえ』なのだと気づく前に、笹井がパソコン画面をこちらに向けた。

「これ、MRIの画像です」

画面に映っていたのは人の体を縦に真っ二つに切ったような写真だった。背骨と思《おぼ》しきものが画面の右側に映っているので、人間の腹の画像なのだと、直感的に理解できた。

「ここが子宮」

ゴツゴツした指で指し示したのは、腹の下半分を占有する丸々としたコブだ。いつか性教育の資料で見たイラストと全く異なる異質な球体に、おぞましさすら覚えた。

「子宮腺筋症ってのは、簡単に言うと子宮全体が腫れていく病気で、ほっておくと生理痛や生理の量がどんどん酷《ひど》くなる」

笹井の声が段々と遠のいていくような錯覚に陥る。

画像に写る巨大な腫瘍から目を離すことができない。こんな大きな病を抱えていることを、奈緒さんはなぜ私に言ってくれなかったのだろう。

「去年の冬からうちに通っていたんですけどね」

ボヤいた言葉が胸を刺す。去年の冬といえば、私が髪を切ったときだ。

「手術をした方がいいって言ってたんですけど、明日見さん、中々うんって言わなくてね。そうこうしてるうちにとうとう貧血が酷くなって、昼に給食センターで倒れちゃったんですよ。血液の濃度が正常の三分の一しかないような状態でね、いま、四階の個室で輸血をしているところです」

もしかしたら、私が髪を切ったことが原因で、このことを言えなくなったのだろうか。そんな疑問が頭をよぎるが咄嗟に否定する。私たちは元々、なんでも言い合えるような家族ではない。

でも、髪を切ったあの日の記憶が脳にへばりついている。

私を出迎えてくれた奈緒さんは、ばっさりと切った私の髪を見て、肩をすくめて息を呑み込んだあと、眉を歪《ゆが》めて泣きそうになった。でもそれは一瞬のことで、すぐにまたいつものヘラヘラした愛想笑いに戻って、『つむぎちゃん。その髪似合うね』とオドオドとした声で必要以上に誉《ほ》めてきた。

そしてあろうことか私は、奈緒さんのその哀《かな》しそうな顔を見て、心の霧が晴れるような爽快感を覚えた。

あのとき、私は自分の心が知れたのだ。自分は奈緒さんみたいになりたくなかったんだ。背が高いのがコンプレックスのくせに、目一杯背筋を伸ばしているのも、私が絶対に愛想笑いをしないのも、思い返してみれば根っこは一緒だった。

そんなことを奈緒さんに言えるはずもないが、十八年間伸ばした髪を切ったのは、何も言えない私なりの意思表示だった。

そしてそれは、奈緒さんにも伝わったはずだ。もちろん、奈緒さんは何も言えない。それをわかった上で、私はあの小さな食卓で毎日ショートの髪を見せつけた。私はあなたみたいになりたくない。そう言わんばかりに……。だから奈緒さんは病気のことを言えなかったのだ。その空気を作ったのは間違いなく私だ。

本当の家族だったらこんなことにはならなかったのだろう。たくさん会話をして、相手の体を思いやって、体を見て、触れて、そんな当たり前のコミュニケーションが取れていれば、奈緒さんの異常をもっと早く察知できたかもしれない。手に入らないものを求めることほど馬鹿馬鹿しいことはないと思っていたはずなのに、結局私は心の奥底で温かい家族を求めていたのだと気づかされる。見ないふりをしていただけで、その真っ赤なリンゴが欲しくてたまらなかった。

「お嬢さん、大丈夫？」

ダミ声にハッとする。顔を上げると、笹井が心配そうな表情でこちらを見ていた。

「急な出来事で驚くのはわかるけど、命に関わる状態ではないから、安心して」

私が心配しているのはそういうことではない。

「明日見さんが手術を躊躇《ちゅうちょ》する気持ちもわかるんですけどね」

笹井が腕組みをしたまま画像を見つめる。

「母子家庭だってのは、私も知ってるんですよ。きっと、お嬢さんに迷惑をかけたくないと思っていたんですよね。でも結局、限界になって倒れてしまっては元も子もないですよね」

同情的な言葉が虚《むな》しく響く。笹井の推測は的外れだ。私たちは家族ではないのだから。

「だからね、お嬢さんからもお母さんを説得して欲しいんですよ」

前傾姿勢をとった笹井から今すぐにでも逃げ出したい。

「このまま閉経まで待てる状況じゃないんです。術後一ヶ月ほどは仕事復帰が難しいとは思いますが、また同じようなことになれば、大量の輸血が必要になるかもしれない。輸血だって絶対に安全な代物ではないんです。きっとお嬢さんの言葉なら、明日見さんも耳を傾けると思うので」

「母じゃないんです！」

耐えきれなくなり、ついに悲鳴が飛び出した。あまりの声量に驚いたのか、笹井がポカンとした表情を見せた。

「なに言ってるんです？　あなた明日見つむぎさんでしょ？　明日見奈緒さんの娘さんの」

スカートの上で拳を握り締めて首を振る。

「違うんです。奈緒さんは母ではなく義母なんです」

笹井は絶句している。

「血が繋がっていないんです。だから奈緒さんは、私に相談できなかったんだと思います。

私たちは、先生が思っているような関係ではなくて……」

その先の言葉を言い淀んでいると、笹井が再び身を乗り出した。

「ちょっと待って。そんなはずはない」

ぎょろっとした目を見開いた。

「あなたは、この病院で生まれたんですよ。十八年前に、明日見奈緒さんから」

その言葉の意味をすぐには理解できなかった。困惑している様子を察したのか、笹井が念を押すように言った。

「あなたが明日見奈緒さんから生まれたのは間違いない。だって、お産を取ったのは私なんだから」

そんなはずはない。そんなことあるはずない。笹井の勘違いに決まっている。しかし、なぜか否定の言葉は出てこず、握った両手が震え出した。

笹井がマウスのホイールを回す。勢い余って押し込んでしまっているのだろう、カチカチと音がする。

「あった。これだ」

笹井の声に、胸が突き抜かれそうな痛みを覚える。

「ほら、カルテにも残っている」

パソコン画面を見るように促されるが、視線を向けるのが憚《はばか》られた。見てしまえば、これまで築いてきた私という存在が、根底から覆《くつがえ》されてしまう。目の前の小さな画面は、そんな恐ろしさを孕《はら》んでいた。

私は奈緒さんの本当の子供で、しかも、そのことを十八年間も隠されていた。そんなこと、信じられるはずもない。

だが、引っかかる事もあった。

縁遠い奈緒さんは、なぜ私なんかを引き取ったのだろう。それをおかしいと思った事は何度もある。しかしそれを考えるたび、本当の母親であることを偽る、そんな馬鹿らしい話などあるはずないと思っていた。

「そんなはずは、ありません……」

否定の言葉がやたら虚しく響いた。

胸が張り裂けそうなほど痛い。

本当の子供ではないからこそ、私は色々なことを我慢して、諦めて、それでも奈緒さんを気遣うことができた。

真実が目の前に晒《さら》されている。それを目の当たりにしてしまっては、この先どうなるのか想像もできない。しかし目を背けたとしても、今までと同じ関係を演じることはもうできないだろう。

私は結局、カルテを見てしまった。

十八年前の記録に名前が刻まれていた。男か女かよく分からない、漢字すらあてられていない中途半端な名前。

つむぎ。

「嘘《うそ》だ……」

全身から力が抜けていくのを感じた。自分が座る小さな丸椅子の周りが、ガラガラと崩れ落ちていく。そんな状況に至ってもなお、カルテから目を離せなかった。

そこには奈緒さんが私を出産したことがはっきりと記されている。奈緒さんが当時からメンタルの不調を患っていたことも書かれていた。さらにカルテを遡《さかのぼ》ると、一番古い記録に目が釘付《くぎづ》けになった。

『明日見医院、明日見結衣子《ゆいこ》院長より紹介受診。凍結胚《はい》移植にて妊娠成立』

――誰だ？

自分の生きてきた世界に居なかったはずの登場人物がまた一人増えたことに、背筋が凍る。

明日見という苗字《みようじ》は相当珍しく、これまでの人生で同じ苗字の人間に出会ったことはない。この人物が、私と奈緒さんと無関係であるわけはない。

「ちょっと、つむぎさん。大丈夫？」

笹井の狼狽《ろうばい》した声が響く。気づけば涙が溢《あふ》れていた。

なんの涙なのか分からなかった。悲しいのか、絶望しているのか、それとも呆れているのか。

涙が止まらない。私の十八年間とはなんだったのか？

さまざまな感情が渦を巻き、やがてそれは怒りへと変わった。

小さな怒りの火はあっという間に大きくなり、激しく燃え盛る。

スクールバッグからスマホを取り出し、カルテの画像を写真に収める。何枚も、何枚も。

慌てた笹井が、画面を隠すように立ち上がった。

「ちょっと。これは個人情報だから、そういうのは……」

そこにあるのは、十八年間ひた隠しにされてきた私の個人情報だ！　叫びたくなるのを必死に抑えて、診察室を飛び出した。

「つむぎさん！　待って。どこいくの？」

笹井の困惑した声が背中に響く。それから逃げるように、エレベーター横の階段に向かって走った。四階の個室にいるはずだ。暗がりの中のリノリウム階段を一段飛ばしで駆け上がる。酸素を求めようとする肺が、張り裂けそうに痛む。

奈緒さんに会わなくてはならない。

燃え盛る衝動に背中を押されるように、ひたすら階段を上る。会ってなにを言うつもりなのか。そんなことを考える余裕すらなかった。でも、今じゃなきゃだめなんだ。

何度も転びそうになりながら四階にたどり着く。膝に手をつきたくなるのを堪えて顔を上げる。黄ばんだベージュの廊下に、個室が並んでいた。肩で息をしながら病室の扉の横に表示されたネームプレートを確認していくと、五つ目に目的の名前を見つけた。

明日見奈緒。

個室の扉を目一杯の力で開けた。

照明は落とされていて部屋全体が薄暗い。心拍を告げるモニター音が一定のリズムを刻んでいる。私の心拍はそれよりも遥《はる》かに速かった。

十畳ほどの部屋の窓側に電動ベッドがあり、その横には二つの点滴の袋が吊《つ》るされていて、片方にはトマトジュースみたいな真っ赤な液体が充満していた。

「奈緒さん」

荒らげた呼吸のまま出した声は、自分のものなのかすら分からない。視線の先に奈緒さんがいた。淡い水色の院内着姿の奈緒さんは、上半身を起こしてこちらを見つめていた。こちらに気付いたのだろう。モニター音の間隔がぐんと速まり、私の鼓動と同じくらいになった。

「つむぎちゃん」

院内着の半袖から、真っ白な両腕が伸びている。十年以上ぶりに目にした奈緒さんの左腕の内側には、横一線のミミズ腫れのような傷跡が規則正しく並んでいた。リストカットの跡だ。

十四本。まだ一緒にお風呂に入っていた頃、リストカットの意味も知らなかった私は、奈緒さんの腕についた印を不思議に思い、その本数を数えた。そして「これはなに？」と聞いた翌日から奈緒さんが一緒にお風呂に入ってくれる事はなくなり、素肌を晒すこともなくなった。左腕に刻まれた傷跡を久しぶりに見て、不意にあの頃の記憶が鮮明に蘇《よみがえ》った。

私の視線が左腕に注がれているのを察知したのであろう。奈緒さんは、両腕を抱えるようにして背中を屈《かが》めた。

モニター音がさらに速まった。

「ごめんなさい」

なにが？　という言葉を呑み込んだ。握りしめた拳に爪がめり込んでいく。奈緒さんが左腕の傷を執拗《しつよう》に隠している。その傷と同じように、彼女は親であることを隠し続けていた。

心が弱いから？

奈緒さんが自らを隠そうとするのは、弱さ故の自己防衛なのかもしれない。だが、弱さを庇《かば》うためならば他人にどんな不利益が降りかかっても良いのだろうか？　弱者の権利に思えるが、実は傲慢で利己的な行動ではないだろうか？

奈緒さんの心拍は、私のそれをあっという間に追い越した。それに構わず歩み寄る。互いの距離に比例するように、機械音がうるさく鳴る。奈緒さんは小刻みに震え始めた。

「迷惑かけちゃってごめんね……つむぎちゃん」

弱々しい声が、ことさら耳に虚しく響く。

いいかげん、ちゃん付けをやめて欲しい。そんなことすら言うのを躊躇していた自分を滑稽に思う。

「急に倒れちゃって……。わざわざ来てもらったけど、大したことないのよ。だから心配しないで」

言い訳のように捲《まく》し立てる奈緒さんの顔には、やっぱりヘラヘラした笑顔が張り付いている。いつもの奈緒さんだ。どんな感情の時だって、奈緒さんはその情けない笑顔を見せればなんとかなると思っている。主張する努力すらせずに他人の思いやりによって支えてもらおうとしている。そんなさもしい本心すら垣間見《かいまみ》えた。

義娘だったから、気を遣っていたのに。

奈緒さんの心のコップの水が溢れないように、細心の注意を払ってきたのに。

――十八年間、欺《あざむ》かれていた。

「あなたはだれ？」

自分の声なのかと疑うほど低い声が、空気を震わせた。

奈緒さんの上半身がびくりと跳ねた。やがて肩が上下に動き始める。何度も見てきた、過呼吸発作の前兆だ。奈緒さんの目線は、行き場を無くしたようにキョロキョロと彷徨い始めた。

奈緒さんの心はもう限界だ。あとわずかな一押しで発作が起きる。窓から射《さ》し込んだ橙《だいだい》色の西日が奈緒さんを淡く照らす。胸の前で両腕を抱えて震えている彼女の姿は、いかにも弱々しい。その姿を見て心に躊躇が浮かぶ。

でも、その弱々しさに私はいつも自分の心を抑えてきた。

私の心だって痛いんだ。

戸惑う心を振り切るように、とうとう叫んでしまった。

「あなたが私を産んだんでしょう!」

刹那《せつな》の静寂が部屋を支配する。次の瞬間、心拍モニターのアラーム音が激しく鳴り響いた。まるで倍速の映像みたいに奈緒さんはガタガタと震え出し、激しく呼吸を繰り返す。口からヒューヒューと空気が掠《かす》れる音がする。

パニック発作だ。しかし今はこの発作すら奈緒さんの自己中心的な防御方法に思えて、怒りがさらに膨れ上がる。

もう制御できなかった。

「嘘つき!　なんで今まで!」

心が荒ぶる。その言葉の先のことなんて想像できなかった。私の足は自然と奈緒さんに向かう。息を吸うばかりの彼女の瞳には、怯《おび》えと大粒の涙が浮かぶ。

その全てに反感を覚えた。奈緒さんに、自分の思いの丈を全てぶつけてやる。そう勇んで飛びかかろうとしたが、私の手が届くことはなかった。

「つむぎさん!　落ちついて!」

背中にダミ声が聞こえる。笹井に羽交締《はがいじ》めにされたのだ。

「離してよ!」

その声が虚しく部屋に響いた。もの凄《すご》い力で奈緒さんから遠ざけられる。両脇を三人の看護師たちがすり抜け、ベッドへ向かっていく。笹井が指示を飛ばした。

「バイタルチェック！　それから頓用の持参薬を内服させて！　輸血ルートは絶対抜けないように注意！」

奈緒さんはずっと泣いていた。その瞳からは光が失われ、虚《うつ》ろになってゆく。

「逃げるな！」

現実から、私から。

「つむぎさん。明日見さんはいまパニック状態になっています」

そんなことは百も承知だ。

「何があったかは分かりませんが、今は明日見さんの治療を優先させて下さい」

怒りで止まっていた涙が再び溢れ出した。

私は一体何者なのか？

私の心を形づくっていた十八年間の思い出は、バラバラと抜け落ちていって、気づけばポッカリと穴が開いていた。

はい。つむぎは確かに私が産みました。

＊＊＊

つむぎがお腹を蹴った。

妊娠も七ヶ月になり、つむぎの胎動が力強さを増していく。随分大きくなったお腹を触ると、返事をするようにもう一度内側から蹴られた。さっきよりも、強く、激しく。新しい命を育んでいるんだという実感が、日に日に強くなっていく。不思議な感覚だった。

自分に新しい命が宿っているなんて、最初は信じられなかった。しばらく続いた激しいつわりだけが、妊娠継続を確かめる唯一の手段で、毎日が不安の連続だった。

胎動を感じたのは、妊娠五ヶ月を過ぎたあたりだっただろうか。

はじめはお腹にガスが溜まっているのとさほど変わらない感覚で、それが胎動だとは分からなかった。でもやがて、腹の中に、今までと違う感覚を覚えるようになった。自分のものとは異なる、自律した生命の動き。初めてはっきりつむぎにお腹を蹴られたのを実感した瞬間は、えも言われぬ喜びを感じた。

つむぎが私の中で育っている。

胎動は日を追うごとに強くなっていった。錯覚ではない。胎児の成長は、それほどまでに早かった。

あと四ヶ月もすれば、私はつむぎをこの世に迎えることができる。私はつむぎの母になるんだ。

幼かった頃の幸せな記憶が蘇る。母と過ごした幸福な時間。優しくて明るかった母。母さえいれば、どんなことだって乗り越えられると信じていた。

それを思い出し、ふと不安がよぎる。

私はつむぎに、そんな幸せを与えることができるのだろうか？

私なんかが？　本当に？

心の端に生まれた不安は、あっという間に育っていった。つむぎの胎動が大きくなるのに比例するように、不安も増大する。

本当に私なんかが子を宿してよかったのだろうか。今更後悔が押し寄せる。でも、もう後戻りなんてできない。

私の心は押しつぶされそうになり、気づけば左腕にカッターナイフをあてていた。

私は本当につむぎの母になるのだろうか？　なれるのだろうか？　なる資格はあるのだろうか？

2

――おかあさん

幼いころは、間違えてそう呼びかけてしまうことが何度もあった。その度に返ってきたのは、奈緒《なお》さんの困ったような、悲しそうな笑顔で、私は慌てて彼女に謝った。

私の「ごめんなさい」に、奈緒さんも同じ言葉を返す。

「ごめんなさい、つむぎちゃん。私はおかあさんじゃないの」

消え入りそうな声を聞いて、心が痛くなった。

そんなことを繰り返していくうちに、私は『奈緒さん』と呼ぶことを徹底するようになった。彼女はお母さんではなく、あくまで義母の奈緒さんだ。

そう自分を納得させ、徹底してきたのに……。

まさか、本当のお母さんだったなんて。

ならば私がお母さんと呼んだとき、奈緒さんはどんな気持ちで、一体何に対して「ごめんなさい」と言っていたのだろうか？

別室に連れていかれた私は、奈緒さんが精神科の専門病院に転院することになると笹井《ささい》から説明され、その後病院を追い出された。

あまりに遅い私の帰りを心配した純《じゅん》くんが、病院玄関前のロータリーで英単語帳を片手に待っていてくれたことだけが、唯一の心の支えだった。

暗がりの道路を二人で歩く。通り過ぎる車のヘッドライトが目の前の背中を照らしては去っていく。

私は湿った声のまま笹井医院での出来事を、純くんに話した。何度も言葉に詰まり、うまく話せなかったにもかかわらず、純くんは無言で聞き続けてくれた。一人で抱えるにはあまりに大きな出来事だったと、改めて思う。

橋を渡り終える頃には事の顛末《てんまつ》を話し終えて、互いに黙り込んだ。なにを言えばいいのか分からない。きっと純くんもだ。

十八年間、義母だと思っていた人が本当の母親だった。

そんな突拍子もない話を聞かされたら、誰だって反応に困る。しばらくして、純くんがボソリと呟《つぶや》いた。

「つむぎのお母さんは、交通事故で亡くなってなかったんだ」

「うん」

「それは、喜んでいい事なんだよな？」

私は小さくかぶりを振る。

「わかんない。そんな単純な話じゃないと思う」

「そうだよな。わるかった」

「純くんが謝ることじゃないよ」

奈緒さんは明日、精神科の専門病院に転院する。最後に見た瞳は虚《うつ》ろで、引き摺《ず》り込まれそうな暗闇みたいだった。彼女は心の扉を閉じたのだ。だが、今はお互い会わないほうがいいとも思う。

胸が苦しくなって足が止まる。酸素が薄い気がした。

「大丈夫か？」

動悸《どうき》がする。口を開けば心臓が飛び出そうだった。

「息が苦しいの」

背中が折れて前傾姿勢になる。いくら空気を吸っても酸素が足りないような感覚だった。

純くんの遠慮がちな手が肩に触れた。それだけで少し楽になった気がする。でもそれは一瞬のことで、純くんはまるで悪いことをしたかのように、「ごめん」と言って、すぐにその手を引っ込めてしまった。

そのままでいいのにという言葉は出てこず、再び肺が酸素を求めだした。

「落ち着いて。ゆっくり息を吐いたほうがいい」

孤独なんだ、それを痛感する。こんな家族は他にないだろう。

だから、せめて純くんには私の辛《つら》さを知っていて欲しかった。

息も切れ切れに口を開く。

「私の世界には、私と奈緒さんしかいなかったの」

十八年間ずっと。奈緒さんを気遣う日々の中で、ろくに友達を作ることすらできなかった。そんな状況を仕方のない事だと、色々な理由や、言い訳を沢山作って自分を納得させてきた。それは私自身を守る盾でもあった。

でも……。

「もう、窮屈で苦しいの。きっと私は、この先、奈緒さんと二人きりでは暮らせない」

「つむぎ……」

心配そうに伸ばされた純くんの手は、今度は私に触れることなく止まってしまう。わずか数センチ。たったそれだけの距離に、数えきれないほどのしがらみが詰め込まれている。抱きしめて欲しい。いっそ私が飛び込めばいい。でも、こんな距離すら乗り越えることができない。

――もしも拒絶されてしまったら？

唯一の心の拠《よ》り所すら失ってしまう。それが私の体に強烈なブレーキをかける。純くんが手を引く。それを引き留めるように、私は口を開いた。

「私はこれからどうすればいいと思う？」

言っておきながらずるい質問だと思う。答えられるはずなどない。でもこれが私にできる精一杯の甘え方だった。

私のために悩んでくれる。それだけでいい。一分でも、一秒でも長く。答えなんかない質問に対して、純くんは数学の難問でも解くかのように眉を寄せた。

「なあつむぎ」

純くんが顔を上げる。

「奈緒さんの話が嘘《うそ》だったたってことは」

そして、少し言い淀《よど》んでから真《ま》っ直《す》ぐに私を見る。

「つむぎのお父さんも生きてるかもしれないってことになるよな」

その言葉にハッとする。衝撃的な出来事が続き、父親のことを考える余裕すらなかった。

「その人に会ってみれば、なにか事情がわかるかもしれないかなって思うんだ」

母がいれば父がいる。そうでなくては新しい命など生まれようもない。そんな常識にすら気づけないくらい、私の世界は非常識だった。

「私に……、奈緒さん以外の家族がいる」

血を分けた肉親の存在を意識するだけで、狭くて仕方がなかった世界が突然開けたように感じた。

「お父さんに会えるのかな」

口に出した言葉は小さな興奮と希望を孕《はら》んでいた。しかし、純くんの表情は私の高揚とは裏腹に、沈んでいた。

「でもさ……」

神妙な物言いに、駆け出しそうだった心の勢いを削《そ》がれたような気持ちになった。

「でも、なに?」

「そいつが必ずしもいい奴《やつ》とは限らないよ」

車のライトが純くんの顔を照らす。苦虫を噛《か》み潰したような表情だった。

「それどころか、とんでもない奴かもしれない。だって、つむぎが生まれる前に奈緒さんとつむぎを捨てた訳だろ。子供を捨てる親なんてろくな奴じゃない」

珍しく感情的になった口調の先にいるのは、きっと私でも、私のお父さんでもない。八歳の純くんを捨てた彼のお母さんだ。

「お母さんには会ってないの?」

小さな舌打ちの後、純くんがそっぽを向いた。

「元、母親だよ。会うわけない。あっちは教授様になって忙しいんだから。俺だって別に会いたくないし」

純くんのお母さんは今年、所属している大学病院で初の女性外科教授になったらしい。四十代半ばの若さ、しかも女性が教授に抜擢《ばってき》されるというのは異例中の異例で、純くんはそれを家のソファーに投げ捨ててあった学会誌で知ったそうだ。

『教授っていっても、分院だからあんなの全然大したことない』と吐き捨てるように言った純くんは、明らかに苛立《いらだ》っていた。

理知的な彼が感情的になるのは、決まってお母さんの話題が出たときだ。お母さんが家族を捨てたのは、医者としてのキャリアを積むためだという。教授の座を射止めたということは、その決断が正しかったと宣言されているようなものだから、純くんは辛いに決まっている。

「親だからいい奴だってのは幻想だ。それは俺たちが一番よくわかってるはずだろう。それでもつむぎはお父さんに会いたいの?」

そっちの道は危ないよと、念を押しているような物言いだった。

「よく考えてから結論を出した方がいいと思う」

胸がざわつく。まだ笹井医院でのことすら整理できていない。でも心の底に一つの衝動が渦巻いている。その正体が何なのか、まだよくわからない。もこもこと顔を出したそれには、タガを外せばあっという間に膨張してしまいそうな危うさが潜んでいた。

それを抑え込むように胸に手をあてる。

「それでもお父さんのことを知りたいって言ったら?」

「もちろん手伝うよ。つむぎは俺が一番辛かったときに、助けてくれた恩人なんだから」

「ありがとう」

「そうしたら俺は、とりあえず、その医者の情報を集めておくよ」

「その医者って……」

「明日見結衣子《あすみゆいこ》のことだよ。親父《おやじ》に訊《き》いてみるよ。医者の世界は狭いから、すぐにわかるはずだ」

「おねがい。私も、この先どうしたいのかちゃんと考えてみる」

それから私たちは、いつもの公園まで一緒に歩いた。時折通り過ぎていく車のエンジン音がやけに煩《うるさ》く耳に響いた。心の底に生まれた正体もわからぬ衝動は、ずっと蠢《うごめ》いたままだった。


家に着いた頃には午後八時を回っていた。

灰色のスチール製の玄関扉の先に広がっていた暗闇が、最後に見た奈緒さんの瞳を思わせてぞっとする。慌てて電気を点《つ》けると、見慣れた廊下が浮かび上がった。

「ただいま」と言っても返ってきたのは沈黙だけで、奈緒さんが家にいないことを改めて実感した。

廊下が軋《きし》む音がいつも以上に大きい気がする。逃げるようにリビングに駆け込むと、十二畳の空間が目の前に広がった。

左手に対面型のキッチンがある。上に食器棚が配置されていて、その下に奈緒さんはいつも幽霊みたいにぼうっと立っていた。前には四人掛けのダイニングテーブルが置かれている。白い木目調のメラミン化粧板は、ところどころ禿《は》げている。物心ついた頃からずっと変わらない味気のないテーブルを見ていたら、朝食の風景が脳裏に浮かんだ。

テーブルに並べられたご飯、私はここで毎日奈緒さんと向かい合ってきた。彼女はどんな気持ちで過ごしていたのだろう。嘘をついて顔を合わせ続けるなんて私には耐えられない。逆に全てを打ち明けた方がよほど楽なのではとすら思う。

背を向けると、テレビ横の収納ラックが視界に入った。チェリーウッドの天板に並ぶ写真を見て、心臓が跳ね上がった。

天板の前まで歩み寄って二つの写真を手に取る。四十くらいの女性と小さな女の子、前《まえ》屈《かが》みの男性。飽きるほど見てきたこの写真。

——これは誰なんだ？

私が今まで両親と思っていた人たちは赤の他人で、さらに自身だと信じて疑わなかった女の子は、私ですらないかもしれない。十八年間、私は誰に向かって『行ってきます』の呪文を唱え続けていたのだろうか。両親が残してくれたはずのこの家は誰のものなのかも分からないし、テレビもダイニングテーブルも、ソファーも時計も、私の家の全ては、嘘で塗り固められた虚像なのかもしれない。

閉塞感を覚えて、リビングから自室に駆け込んだ。たった五畳のこの場所だけが私の真実だった。タオルケットを鷲掴《わしづか》みにして包《くる》まる。壁に背を預けてベッドの上で体育座りをすると、目の前に薄い壁が見えた。壁一つ隔てた先にあるのは奈緒さんの部屋だ。

私が足を踏み入れたことのない彼女のプライベートスペース。彼女はここで、息を潜めて生きていた。私にずっと嘘をつきながら。

率直に言えば怖かった。この先どうやって奈緒さんと向き合っていけばいいのか分からない。いっそこのまま逃げ出してしまおうか。でも、逃げたとて私が何者なのかという疑問は、背中に張り付いたまま未来永劫《えいごう》ついてくる。

『それでもつむぎはお父さんに会いたいの？』

純くんの言葉が蘇《よみがえ》る。多分、真実なんて知らないほうがいいのだろう。ろくでもない過去に違いない。でもその一方で、さっきから心の中で蠢いていた感情がますます大きくなる。

——知りたい。

自分が何者なのか。誰と血が繫《つな》がっているのか。奈緒さんはなぜ私をこの世に迎えようと思ったのか。どんな経緯《いきさつ》で命が紡がれたのか。

不安を押しつぶすかのように欲求が膨張する。知らない方がいい、そんな理性的な考えをあっさりと否定するほどのこの衝動は、本能としか言いようがなかった。自らの真実を知らなければ前を向くことすら出来ない。そんな強迫観念にとらわれる。

スマホを開く。画面に映し出された写真には、私が何者であるのかを知るための唯一の手がかりが写っていた。

奈緒さんが妊婦だった頃の最初の記載。

『明日見医院、明日見結衣子院長より紹介受診。凍結胚《はい》移植にて妊娠成立』

明日見医院は、調べてもヒットしなかった。

「……純くん」

『やっぱり私は本当のことを知りたい』

震える手で、たったそれだけのＬＩＮＥを送って、私はタオルケットの中に閉じこもり、一人きりの夜を過ごした。

明日見結衣子の情報を得ることができたのは、翌朝のことだった。はやる気持ちをおさえながら、登校する前に公園で純くんと待ち合わせた。

空はどんよりと曇っていて、赤いベンチはいつもよりも黒ずんでいる。純くんは隣に座ると同時に、スクールバッグの中を探り出した。

「親父が、知り合いの産婦人科の先生に明日見結衣子について訊いてくれたんだ。ただ……」

クリアファイルを取り出したところで言い淀む。

「やっぱりよくない内容だった？」

純くんの硬い表情で答えは知れていた。

「私は大丈夫だから」

純くんが腹を決めたように喋《しゃべ》り始める。

「業界では相当な有名人だったみたいだ。悪い意味でだけど」

ホチキスでまとめられたＡ４サイズの資料が手渡される。専門的な論文のようだ。タイトルに『様々な生殖補助医療の未来と、法整備の必要性について』と付けられている。

論文の冒頭の文章を読む。その中にあったひとつの単語が私を釘付《くぎづ》けにした。

「体外受精」

わずか四文字のこの言葉から目が離せなかった。

「不妊治療の技術だよ。精子と卵子を体外で受精させて、培養して子宮に戻して妊娠させる。昔、ニュースでも話題になったよな。保険適用になったとかならないとか」

言葉の一つ一つに針で刺されたように胸が疼《うず》くのは、この技術が私と無関係のものではないのだと、すでに理解してしまっているからだ。

「あのカルテに書いてあった凍結胚移植って……、もしかして」

「体外受精の中の技術の一つみたいだね。正確には、凍結・融解胚移植って言うらしい。受精させた胚を凍らせて、それを溶かしてから子宮に移植する方法。その論文に書かれていたよ」

論文には体外受精胚移植の手法を簡素化したイラストが載っている。二重丸の卵子と楕《だ》円《えん》に尻尾《しっぽ》が伸びた精子がくっついて、液体が張られた皿の中で育てられ、子宮の中に注入される。別のルートはタンクのようなイラストに繋がっている。

手から力が抜けていくような感覚を覚えた。目を背けたいのにできなかった。無意識に文章を追ってしまう。

やがて、『試験管ベビー』という単語が目に飛び込んできた。体外受精で生まれた子供が、世間からそう言われていた時代があったのだと書かれている。つまり、私は試験管ベビーだ。

しかし、自分がそれであるという事実よりも純くんが同じ文章を読んでいることの方が辛かった。私は男女の自然な成り行きで生まれた命ではなく、誰かに人工的に造られた命だと知られてしまったことが、ある種の羞恥に思えた。

「大丈夫？」

「うん、大丈夫」と返した言葉が、伝わったかどうかわからない。

「体外受精って技術があれば、色々な方法で子供を授かることができるみたいなんだ」

一層柔らかいその声からは、私の心を気遣う配慮が痛いほど伝わってきて、かえって苦しかった。

「色んな方法って、なに？」

「精子や卵子を他の人から貰《もら》ったり、子宮がない人の代わりに、別の人がそのカップルの子供を産んだり。だから昔だったら考えられないような組み合わせでも、子供ができるみたい」

レズビアンやゲイのカップルが子供を授かったというニュースが、時折報道される。自分には関係のない話題なのだと思っていたが、彼ら彼女らは、私が生まれたのと同じ技術を使って子を得ていたわけだ。

「それって、本当の子供だっていえるのかな？」

それが当時抱いた率直な疑問だった。しかしその問いは今、私と奈緒さんの関係性にそっくりそのまま返ってくる。

「だからこそ、この技術を使った治療については、厳しいルールが定められているんだ」

「それは……、そうだね。そうしないと大変なことになるもんね」

「で、明日見結衣子が出てくるってわけなんだけど……。彼女は、新しい技術の適用拡大を訴える急先鋒《きゅうせんぽう》だったみたい。それで、当時日本でも珍しかった不妊治療専門施設を開業した」

ばらばらだった情報が徐々に繋がっていく。

「それが明日見医院ってこと？」

「うん。でもずいぶん前に閉院したみたいだ」

どうりで検索にひっかからなかったわけだ。

「どうしてやめたんだろう」

「ここからは、あくまで噂《うわさ》なんだけど……」と前置きした純くんは、地面に視線を落とした。

「明日見医院は、グレーゾーンのことまでやっていたみたいなんだ」

「それって、犯罪をしていたってこと？」

「他人の卵子や精子を使った体外受精は、日本ではほとんどが認められていないんだけれど、明日見医院では隠れてやっていたんじゃないかって噂なんだ」

論文のタイトルに付いた『法整備』の文字に、結衣子の強い意志が込められているように思えた。

深いため息が漏れ出た。

「だったらきっと、私は白黒はっきりしない方法で生まれたんだろうね」

じゃなければ奈緒さんが真実を隠す必要なんてない。

「それは分からないよ。明日見結衣子に直接訊いてみないと」

「この人に会えるってこと？」

純くんがメモ用紙を差し出した。そこには住所が書き込まれている。

「千葉県大網白里市《おおあみしらさと》……」

「親父が同窓の産婦人科の先生にあたって調べてくれた。一応学会に籍を置いてはいるけれど、どの集まりにも顔は出さずにそこで暮らしているみたいだ」

メモ書きを摑むと、薄っぺらい紙一枚を介して純くんと繫がる。ありがとうの気持ちをそこに込めた。

「会いにいくの？」

メモを持つ手は離さぬまま、純くんが私の心を確かめるかのように問いかけてきた。私はその手に力を込める。

「学校が終わったら行ってみる」

今日は土曜日だ。時間は十分ある。

時間をあけてしまえば決心が鈍ってしまう気がした。どんなロクでもない真実が待ち受けているかは分からない。でも、自分の生い立ちにはっきりと色をつけたかった。

「この人に会わないと、なにも進まないから」

今度は純くんがメモ書きを持つ手に力を込めた。

「俺も一緒に行くよ」

「大丈夫。一人で行く」

純くんが驚いたように眉を上げたあとに、納得いかないように顔を歪《ゆが》める。

「なんでだよ。なにがあっても手伝うって約束したじゃん。だから俺は、明日見結衣子について調べて……」

「いいから！」

強い拒絶の言葉に、純くんの手からわずかに力が抜けた。その隙にメモ書きを引き抜いた。

「つむぎ」

呼びかけを拒絶するように地面に目を落とす。

「……来ないで」

純くんを直視できなかった。

「ごめん」と言って、ベンチから立ち上がる。

これ以上一緒にいるのが辛かった。

私は、違法な方法で造り出された命かもしれない。

これまで近しい存在だと思っていた純くんとは、信じられないくらい大きな溝があった。

私はそれを知りもせず、互いに似たような存在だと信じて疑わなかった。それだけで相当の羞恥だというのに、明日見結衣子と会って、純くんの前で詳細な出生の経緯をあからさまにされるなんて、到底耐えられるものではなかった。

未《いま》だ言葉を失っている純くんを残し、足早に公園を後にする。

頭が沸騰しそうに熱かったのは、恥ずかしいからなのか、申し訳ないからなのか、それとも私の許可すら取らずに勝手に体外受精なんてことをしてくれた明日見結衣子に対する怒りなのか、それすらも分からなかった。

半日の授業を終え、制服を着たままで結衣子に会いに行く。

千葉駅から外房線に乗り継いで三十分ほどで大網駅に着いた。久しぶりに乗った電車は思ったよりも混んでいて、人酔いしたせいか、ホームに降り立つと足元がふらついた。

駅前のロータリーには数台のタクシーが並んでいる。午後三時、天気はさらに悪化し、厚い雲がかかった空は夜のように暗い。ここは外房の行楽地だが、天気が悪いためか、週末にもかかわらず閑散としていた。

結衣子の家は、海と反対方向の高台にあるようだった。スマホの地図アプリを頼りに駅前の通りを抜けると、やがて片側一車線の道路に差しかかる。白いガードレールで区切られた歩道の左右には、田園風景がどこまでも続いていた。

こんなところに住んでいるんだ。

むせ返るような暑さの中で、そんなことを思った。

電車の中で結衣子の論文を読んだ。

結衣子は、国内で体外受精が中々浸透するに至らない主原因が、法整備の遅れにあると批判していた。人間の命の元となる胚を培養する、その技術の福音を待つ多くの人たちが、適用拡大を待ち望んでいる。そんな内容だった。

結衣子は最先端の医療を追求し、ルール作りが遅々として進まないことに気を揉《も》んで、違法ぎりぎりの治療に手を染めたのだろう。そんな人がこんな田舎《いなか》に住んでいるのは、正直意外だった。

視線の先に緑が生い茂る高台が見えた。細い車道が緑に吸い込まれてゆく光景は、曇天にもかかわらずとても美しかった。

二人きりの狭い世界に押し込められていた私にとって、目の前のこの広大な風景は新鮮に映った。

前を向いて黙々と歩く。

視界にとらえていた高台は思いの外遠く、汗だくになった制服が肌にすっかり張り付いた頃、ようやく坂のふもとに辿《たど》り着いた。

緩いカーブを描く道の両側には、手入れされた街路樹が規則正しく並んでいて、これまでの田舎然とした風景からは一変した。道沿いには広い庭を有した戸建てが並び、いかにも高級そうな家たちは、美しい景観の一端を担っている。

この住宅の並びに結衣子の家がある。

小一時間も歩いたせいだろうか。緊張よりはむしろ達成感を感じていた。自然と早くなる足が上り坂を駆け上がっていく。カーブを曲がった先にとうとう目的地を見つけた。

大きな家だった。三十メートルはあろうかという白いレンガ造りの塀が伸びる。その中央に据えられたアイアンアーチは周囲の家よりも一層立派な門構えで、どこか異国の城を思わせた。アーチの隙間からは石畳が覗《のぞ》き、両側に色とりどりの薔薇《ばら》が咲き誇っている。ゆるく左に曲がった石畳の向こうに白と濃いグレーを基調とした、二階建ての豪邸が見えた。

塀に『ＡＳＵＭＩ』と印字された表札が掲げられている。間違いなく結衣子の家だ。

震える指を伸ばす。インターホンを押すと電子音が鳴り響き、薔薇の茂みに吸い込まれるように消えていく。しばらく待っても返事はなかった。焦る気持ちを覚え、二度、三度とボタンを押すが、同じ音が鳴っては虚《むな》しく消えていく。

不在かもしれない。そんな落胆を覚えつつ四度目のボタンを押そうとしたとき、背後から突然声がした。

「いくら鳴らしたって、でやしないよ」

低くしわがれた声に、飛び跳ねそうになった。

「誰だい？　制服なんて着て、こんなところまで」

硬い声からは、不審がる様子がうかがえた。左胸に手を添える。落ち着けと自分に言い聞かせる。

「悪いけど、勧誘は断っているよ」

「違います」

振り向くと、そこには細身の老婆が立っていて、深い皺《しわ》が刻まれた顔に並んだ瞳は、どんよりと曇っていた。ベリーショートの白髪《しらが》は、クセが強いのか方々に跳ねている。左足が悪いのだろうか、黒い杖《つえ》をついており、丈の長い黒のカーディガンも相まって、その姿は魔女を思わせる。右肩にかけたベージュのショルダーバッグからは、ウイスキー瓶が二本、顔を出していた。

そのウイスキー瓶がガチャリと音を立て、同時に白い両眉が動揺したように持ち上がった。

「奈緒」

老婆の儚《はかな》い声に、心臓を鷲摑みにされた。予想外の言葉に、返す言葉を見つけられずにいると、その瞳がみるみる陰っていった。人違いだと理解したようだった。

「私はつむぎです」

今度は無反応だったが、その顔は、どこか感情を悟られまいとしているようにも思えた。

もう一度名を告げる。

「私の名前は、明日見つむぎです」

私たちの間に、雨粒が一つポツリと落ちた。

「こんなところまでなにをしにきたんだい？」

なにから話せばいいのかと思ったが、ただの一言で事足りると気づく。

「私が何者なのかを知りにきました」

結衣子がこちらをじっと見据える。くすんだ瞳の奥の感情は窺《うかが》い知れなかったが、やがて小さく鼻を鳴らし、

「話せることはなにもないよ」

それだけ言って私の横を通り過ぎようとした。

やはり簡単に話せない事情があるのだ。彼女の答えが『知らない』ではなかったことが、全てを物語っていた。

「私自身のことなのに？」

「この国ではそういうことになってるんだよ。悪いね」

結衣子が行ってしまう。アイアンアーチを開こうとしている彼女を呼び止めるように、声を張った。

「後ろめたくて言えないだけじゃないんですか？」

酒瓶の音と共に動きが止まった。

「あなたが法律を破って私を造ったから。だから話せない」

雨が二滴三滴と増えて、アスファルトを黒く染め始める。やがてあたりがすっかり黒くなったとき、結衣子がアーチからようやく手を離して振り向いた。

「どこまで知っているんだい？」

淀んだ瞳に向かって、カルテの画像を見せた。

「知ってるけどなにも知らないの。だからここに来た」

結衣子の白髪から、雨が滴る。

「奈緒はどうした？」

「精神科の病院に入院してる」

結衣子は、なにかを見定めるかのように、こちらを見つめ続けている。

「ここまで来てなにもなしに帰る訳にはいかないの。話してくれるまで、私はここを動かない」

帰ったとて待っているのはマンションの暗闇だけだ。なにか知るまでは帰らない。その覚悟はできている。

結衣子がくるりと背を向けた。

「入っておいで」

アーチを開いて、よたよたと歩き出す。小さな背中が薔薇の園に消えそうになり、私は急いで彼女を追いかけた。

上手《うま》くいった。なんとか結衣子から話を聞くことができそうだと、胸をなでおろす。

カマをかけたのは賭けだった。

しらばっくれるかもしれないし、だからどうしたと開き直られるかもしれなかった。門前払いされる可能性の方がよほど高かった。

だが不思議と、彼女は私を受け入れるという、確信めいた思いがあった。

奈緒さんの名を呼んだときの、彼女の表情が根拠だった。

悲しいような、悔しいような、それでいてどこか嬉《うれ》しそうな、複雑な感情が入り乱れた表情を見れば、結衣子が単なる悪党とは思えなかったからだ。


明日見結衣子の家は、外観通りの豪邸だった。

我が家の倍はあろうかというリビングは、中央に大きな吹き抜けがあり、驚くほど広い。革製のソファーの脇には、レンガ造りの暖炉が設置されている。どれもテレビの世界でしか見たことがないような家具だが、買ったばかりのように綺麗《きれい》で生活感が感じられなかった。唯一生活感があるのは分厚い一枚板のテーブルの上だけで、そこにはウイスキーの空き瓶が三本と、グラスが並んでいた。

室内用の杖に持ち替えた結衣子が、椅子に腰をおろす。手を広げても足りないくらい大きなテーブルのわりに、椅子は片面一脚ずつしか備え付けられていない。

目の前に私を造った人間がいる。私は速まる鼓動を抑えながら対面に座った。

結衣子がショルダーバッグからウイスキーの瓶を取り出して、蓋を開ける。鼻をつく強い酒の匂いに眉をひそめると、彼女は不満気に舌を鳴らした。

「別に酒くらい飲んだっていいだろう。未成年でもないんだから」

ボヤくように言ってグラスに口をつける。茶色い液体がみるみる減っていった。

「いつもこんな日中から飲んでるんですか？」

グラスをゴトリと置く。

「他にやることもないからね。一人きりで住んでいると、昼や夜の概念なんて、あってないようなものだから」

広い空間を見渡す。目の前のテーブルとは対照的に、ソファーの前のローテーブルやテレビもピカピカで、日がな一日ここで酒を飲んで過ごしているのではないかと思わせた。

彼女が酒を飲み続けるのをただ見つめる。互いの沈黙の中に強くなった雨音が反響する。やがて、一杯目のウイスキーを飲み終えた結衣子が、ドロリとした視線を向けた。

「で、なにを訊きたいんだい？」

率直に訊かれて戸惑う。

「訊いたら……、教えてくれるの？」

結衣子が手のひらを上に向ける。

「言えることはね。ただ、私が話せることは案外少ない。守秘義務ってものがあるからね。本人の同意が必要だ」

「私が本人そのものなんだけど」

「本人ってのは、あんたの遺伝子上の親のことだよ」

となると奈緒さんか父親だ。奈緒さんは入院中だし、父親のことは、そもそも顔も名前も知らない。

「私が私について知ることはできないってこと？」

「だから、同意がないことにはね」

父親の同意を得るためには、父親が誰なのか教えてもらう必要があり、そのためにはやはり父親の同意が必要である。絶対に解けない意地の悪い問題を出されているような気分だった。それに、よく考えれば体外受精であれば、奈緒さんだって私と遺伝的な繋がりがあるとも限らない。いよいよわけがわからなくなる。

だけど、現時点で確実なことが一つだけあった。

二杯目のウイスキーを注《つ》いだ結衣子に詰め寄る。

「あなたが私を造ったんだよね？」

黒いカーディガンから覗いた、舐《な》め上げるような視線が刺さる。

「そのあなたに私が経緯を知りたいって言ってるのに、それすら許されないって、おかしな話じゃないの？　私には知る権利もないってことなの？」

結衣子がため息をつく。

「国は知る権利は保障すべきだと建前では言ってる。でも、いろんな団体から提言が出ているにもかかわらず、結論は出ないまま何十年も宙ぶらりんのままなんだよ。結局、体外受精という技術が確立される前から決められていた古い法律にのっとるしかないのさ」

「それって変だと思う」

権利が保障されるべきなのに、当の本人がそもそもの前提集団から弾《はじ》かれている。私は確かに存在しているのに、法律を決めている人からはないものとされている。強い疎外感を覚えた。

「私もそう思う。でも、それがこの国のルールだ」

すでにグラスの中は半分がなくなろうとしている。ルールだから言えない。その一点張りの結衣子にイラついてしまい、私は思わずグラスを奪いとった。

「あなたは、そのルールを破ってきた人間じゃないの？」

眉がピクリと上がる。どれだけ感情が動いたのかは、がらんどうの瞳からは読み取れなかった。

「そもそも法律そのものがないから、ルールもくそもないんだよ」

どこか投げやりにそう言った彼女は、どこまでも退廃的に見えた。そんな結衣子に、私はさらに詰め寄る。

「でも後ろめたいんでしょう。だって、試験管ベビーをいっぱい造ってきたから」

結衣子の瞳が、わずかに揺れた。

「穏やかじゃない話だね。そんなことを誰から聞いたんだい？」

スクールバッグから論文を取り出す。

「あなたから」と言いながら、それを差し出した。

『様々な生殖補助医療の未来と、法整備の必要性について』

かつて自身が綴《つづ》ったタイトルを、結衣子はじっと見つめている。

「体外受精ってそんなに幸せな技術なの？」

私のような中途半端な存在を作り出してるくせに。そんな思いを言葉に込める。

泥みたいだった結衣子の瞳に、小さな怒りが宿った。

「どれだけの人間がこの技術に救われたと思ってるんだい？」

「……だって」

「自然に妊娠できない人間は沢山いるんだ。体外でそれが可能になるなんて、極めて合理的な方法じゃないか。この技術さえあれば、どんな人間だって子を望むことができるんだよ」

合理的、という言葉に違和感を覚える。私は合理性によって誕生した命なのだろうか？

「たしかにこの技術が必要な人もいるだろうけど、でもやっぱり、こんな不自然な方法で子供を造るなんて、普通とは思えない」

普通じゃない。自らで自らを貶《おとし》めるようで、心が重くなる。だが実際に、普通ではない方法を使ったが故に私はいま悩んでいる。

結衣子が不敵な笑みを浮かべた。

「そもそも、人類なんて不自然だらけの世界で暮らしているじゃないか。そんな奴らが自分たちのルールの範疇《はんちゅう》で自然か自然じゃないかを決めるなんて、それこそエゴそのものだと思わないかい？」

「そんなの屁理屈《へりくつ》だよ。だって単なる技術とは違う。扱うのは命なんだよ。それを当事者の許可も取らないで乱用して、勝手に命を造るなんて無責任すぎる」

「面白いことを言うね。まだ生まれてもいない子供の許可を取れる親が、どこにいるんだい？」

即座に反論されて言葉に詰まる。結衣子が畳み掛けた。

「鶏と卵はいつだって鶏が先なんだよ。それが太古から続くこの世の理《ことわり》だ」

「だったら尚更《なおさら》、親の勝手で命を造るなんて、それこそがエゴそのものだって言ってるの。造るだけ造って後のことに責任は持たないなんて」

結衣子が口角を上げる。嘲笑というよりはむしろ、自虐的な笑みのように思えた。

「そんなことは体外受精に限らないよ。子供っていうのは、いつでも親のエゴから生まれるものさ」

「だからルールを破ったの？」

結衣子は、自身の正当性を主張しようとしているのだろうか？

「極限状態になれば、どんな希望であっても摑もうとする、それが人間ってものだよ」

それは、やはり結衣子が非合法な技術に手を染めていたと思わせる言葉だった。

テーブルに両手をつく。

「ルールを破る人間が、ルールだから真実を言えないなんて、筋が通らないと思う」

「たしかにそうだね。あんたの言うとおりだ」

不意に同意されて戸惑う。結衣子は、いつの間にか手繰《たぐ》り寄せていたウイスキーをぐいと飲み干して、ため息をついた。

「だけどね」と言って目が濁る。

「私が一番筋を通さないとならない相手は奈緒なんだ。だから、どんなに不条理であろうと、私の口から真実を話すわけにはいかない」

また奈緒さんの名前が出た。視線を逸《そ》らした結衣子が、ウイスキー瓶を物憂《ものう》げに見つめる。この人からは、奈緒さんの名を呼ぶ時だけ、どこか人間臭い表情が垣間《かいま》見《み》えるような気がした。

合理性を最優先する人間が、一つだけ譲ることができない不合理。それが奈緒さんなんだ。

ずっと考えていた疑惑が、確信へと変わった。

「そんなに奈緒さんのことを思うのは、あなたが母親だからですよね？　血が繋がっているから奈緒さんを守ろうとしているんじゃないの？」

それしかない。二人は親娘だ。そうなると、この人は私の祖母になる。だけど体外受精の技術を使ったのであれば、奈緒さんと私に血の繋がりはないかもしれず、私と結衣子の繋がりも変わってしまう。やはりこの技術は、色々とややこしい。

結衣子が頬杖をついた。

「私と奈緒に血の繋がりなんてないよ」

予想外の答えだったが、納得できるわけもない。

「嘘だよ。こんな珍しい苗字《みようじ》で、奈緒さんはあなたから治療を受けていて、こんなに偶然が重なるなんてあり得ないでしょ」

結衣子に詰め寄る。

「家族だったんだよね？」

結衣子が視線を外す。彷徨《さまよ》った右手が、ウイスキー瓶を雑に摑んだ。

「私にそんな資格なんてない」

三杯目を注ぐ手は震えて、グラスがカチカチと音を立てた。それを止めるかのように、ウイスキーをまた呷《あお》る。

その様子は消えそうなほど儚くて、哀れみすら感じる。

ふと、毎日向き合ってきたあの弱々しい笑顔が脳裏に浮かんだ。小さな老婆に奈緒さんが重なって、私はなにも言えなくなってしまった。

雨音が沈黙を埋めた。どれほど時間がたっただろうか。空っぽのグラスを見つめた結衣子が呟いた。

「すまないね、つむぎ」

うっかりしていたら聞き逃しそうな小さな声だった。どう答えようかと戸惑っていると、結衣子が大きなため息をついた。

「いずれ、真実がわかるときがくる。あの子次第だ」

私は今すぐ知りたいし、奈緒さんとどう向き合うのか考えるために自分の出自を知りたい。ただそれだけなのにと思うが、心に留《とど》めた。

「そのかわりと言っちゃあなんだけど、現場を見てみないかい？」

「……現場って？」

「明日、不妊治療専門施設に連れて行ってやる。あんたが言う、命が造られるところを実際に見せてあげるよ」

出自のことは明かせないが、それとは別に、私が生まれてきた経緯を教えてくれるつもりなのだろうか。

「見れば、なにか変わるんですか？」

「どうだろうね。ただ、あんたはこの技術に随分偏見があるみたいだからね。今のままじゃ、どんな真実にしてもフェアに判断できないと思ってね」

疑問は残るものの、自分がどんな場所で造られたのか、見てみたいと思った。

「わかった。どこに行けばいいの？」

しかし結衣子は返事をせず、吹き抜けの窓に目をやった。

激しい雨が窓を叩《たた》く。こんな中、山道を一時間も歩けるだろうか。

「今日は泊まっていくといい」

「……泊まるって」

私の動揺をよそに、結衣子は震える指で吹き抜けの奥を指した。

「一番奥の部屋を使っていいよ」

中央に垂れるシャンデリアを囲うように、階段が伸びている。二階は左右に分かれていて、結衣子は右奥のチェリーウッドの扉を指差した。

「あそこは、奈緒が使っていた部屋だ」

その一言に驚愕《きようがく》する。

「やっぱり一緒に暮らしてたの？　……それなのになんで？」

家族じゃないなんて言うの？　嘘をついたの？

「そのうちわかる」と言った結衣子は、やはり物憂げな表情で酒を呷り続けるだけだった。

あれだけぞんざいな物言いをされても、不思議と私は明日見結衣子を、他人とは思えなかった。

その後、夕食を共にしたが、結衣子はどんな話題にもざっくばらんに意見を言うものの、奈緒さんについては貝のように口を閉ざす。だけどそのときの表情には陰があり、奈緒さんとの関係に悩んでいる私は、彼女のことが気になって仕方がなかった。

奇《く》しくも食卓には、私が最後に食べた奈緒さんの手料理と同じ、肉じゃがが並んだ。

この飲んだくれの老婆が料理をするのかと驚いたが、どうやら駅前の大型ショッピングモールで買った惣菜《そうざい》らしい。医者をやっていた時代の蓄えが使いきれないほどあるらしく、家事全般は全て業者まかせで、食事は出来合いのものが定期便で届く。結衣子はそんな生活を続けているようだった。

肉じゃがは、正直あまり美味《おい》しくなかった。じゃがいもは崩れきってベチャベチャで、濃すぎる醬油《しようゆ》の味を無理やり打ち消すかのように、砂糖の甘みが被《かぶ》さってくる。

結衣子は「相変わらず不味《まず》いね」と言いながら、それを突《つつ》いていた。

不意に、奈緒さんが毎週のように作ってくれていた肉じゃがの味が頭をよぎった。メークインは煮崩れることなく、バランスのよい煮汁が、食材に満遍なく染み込んでいた。毎日当たり前のように口にしていた料理が、無性に恋しく思えた。

「奈緒さんの肉じゃがの方が、断然美味しいよね」

思わずそう呟いたが、結衣子はぶすっと黙ったままだった。

「結衣子……さんは、食べたことないの？」と訊くと、「ない」とぶっきらぼうに返されて、それきり会話が途絶えた。


食事を終えると疲れがどっと押し寄せてきて、二階の奥の部屋に向かった。

シャンデリアを見ながら階段を上った先に、チェリーウッドの扉が見える。マンションの奈緒さんの部屋の扉と同じ色だなと思い、開けるのに少し躊躇《ちゆうちよ》したが疲労の方が勝っていた。

十畳ほどの広い部屋は落ち着いたベージュの壁紙で統一されていて、正面に扉と同じチェリーウッドの木枠で囲われた大きな窓と、海色のカーテンが括《くく》り付けられていた。

右手には窓枠と同じ色で揃《そろ》えられたベッドボードに、心地よさそうなマットレスとタオルケットが敷かれている。左手にはシックなデザインの木製デスクと、化粧台、それにクローゼットが設置されていて、さながらホテルの一室のようだ。

そして衣装タンスの引き出しを開けると、沢山の衣服が詰め込まれていた。モノトーン、柄物、ストライプ、タイト系からフリル付きのゆったりしたものまで、多種多様な服がオールシーズン分揃っていて、まるでアパレルショップだ。

その中から着やすそうなグレーの薄手のスウェットを取り出すと、洗いたての洗剤の香りがふわりと漂う。着てみると、採寸でもしたかのようにピッタリだった。

改めて部屋を見回してみる。かつて奈緒さんが暮らしていた部屋に私がいる。不思議な感覚だった。

木製のデスクの椅子に座ってみると、天板がちょうどいい高さに収まった。奈緒さんもここに毎日座っていたのだろうかと思いながら引き出しを開けると、木枠のフォトフレームに収められた写真が入っていた。

息を呑《の》む。

色褪《いろあ》せたその写真は笹井医院の前で撮られたものだった。若い頃の奈緒さんが、生まれたばかりの赤子《あかご》を抱いている。

この子は私だろうか？

しかし、それよりも気になったのは、奈緒さんの表情が、今まで見たことがないような満面の笑みだったことだった。

翌昼、すっかり雨が上がった空の下、私は再び外房線に乗っていた。

昨日と違うのは、隣に結衣子さんがいることだ。私たちは一緒に、夕張《ゆうばり》ARTクリニックという病院に向かっている。

千葉駅の近くにあるこの病院で、かつて結衣子さんは明日見医院を営んでいたという。十八年前に閉院して、後輩医師の夕張に病院を譲って名前が変わったそうだ。

つまり、私はいま、私が造られた場所を訪れようとしている。

結衣子さんは杖を抱えて優先席に座ったまま、窓の外を眺めている。脇に立って同じ景色を見る。田園風景が右から左へと流れていく、なんでもない田舎の風景だ。わずか数十分電車に揺られた先に命を造る場所があるといわれても、まるで実感など湧かなかった。

千葉駅で降りて結衣子さんの背中を追っていく。沢山の人が行き交う駅前の繁華街を抜けて十分ほど歩くと、古い雑居ビルの前で、彼女は足を止めた。

「このビルの二階だよ」

どこにでもありそうな八階建てのビル。二階の窓には、二羽のコウノトリを模したピンクのロゴと、病院名がプリントされたウィンドウサインが貼られている。あそこに病院があると教えて貰わなければ気付けぬような、ひっそりとした佇《たたず》まいだった。

結衣子さんがゆっくりと振り向く。

「ここで毎日、人の命が生まれている」

淡々とした言葉に緊張が走る。

「心の準備はできたかい？」

カツンと杖が鳴る。

「うん」と答えると、結衣子さんは再び背を向けてビルの中へと入っていった。


院内の装いは年季こそ感じさせたが、清潔感があった。ピンクとグレーのタイルカーペットの先に受付があり、その前にはグリーンのビニール生地の二人掛けソファーが八つ並んでいて、そのほとんどが埋まっていた。大人の女性ばかりが待合室にひしめくなか、杖をついた結衣子さんと、その孫くらいの年齢の私は、明らかに浮いていた。

「こっちへおいで」

勝手知ったる我が家のように、結衣子さんは患者が座るソファーの間をグイグイと進んでいく。私は患者たちと目を合わさぬようにして、いそいそとついて行った。

受付横の狭い廊下へと進むと、十五畳ほどの開けた中待合室があった。ホワイトアッシュの壁紙が張られた中央にはソファーが二つあり、そこを囲うように白い横開きの扉が並んでいる。各扉には、診察室、内診室、処置室、レントゲン室、リカバリー室と書かれていて、キョロキョロしていると、しわがれ声に急《せ》かされた。

「ほら、はやく行くよ」

結衣子さんは、診察室と処置室の間にある表示のない小さな扉を開けて、さっさと中に入っていく。

「待ってよ」

扉の先にはバックヤードが広がっていた。白いプラスチックパネルの壁は無機質で、幅の広い廊下が全ての部屋をぐるりと一周しているようだ。

「先に着替えるからね」

ロッカー室に案内され、入り口横のメタルラックに並べられた、えんじ色の服を手渡された。胸元に小さなポケットがついたVネックの半袖の服は、テレビドラマで医者がよく着ているものだった。

「名札がついてないロッカーを使いな。ほら、早く着替えて」

言われるがまま、上下えんじ色の医療服に着替える。結衣子さんも同じ格好になっていた。杖をロッカーにしまった彼女は、左足を引きずりながらメタルラックに置いてあったパーマキャップのような帽子を被り、不織布マスクをつけた。

着替えを済ませて再びバックヤードを歩く。たどり着いたのは、処置室の隣にある固く扉が閉じられた部屋だった。隣にはモニターが設置されている。

『培養室』、中待合室には表示されていなかった部屋だ。

扉の横には私たちと同じ格好をした女性が立っていて、結衣子さんに気づくと、深々と頭を下げた。

「おはようございます。明日見先生」

五十歳くらいだろうか、不織布マスクをしていても人当たりの良さそうな雰囲気が伝わってくるのが、印象的だった。

「先生はもうよしとくれ、随分前に引退したんだから。今日は突然こんなことを頼んで済まなかったね」

「とんでもないです。夕張先生から話は伺ってますので、ゆっくりと見学なさってください。ええと……」

女性が私を覗き込んだ。

「あなたが明日見先生のお孫さんですね？」

「え？　私は……」

違いますと言おうとした瞬間に、結衣子さんに睨《にら》まれる。それで大体の事情を察する。

私は結衣子さんの孫という体で見学することになっているのだろう。

女性に頭を下げる。

「はじめまして。明日見つむぎと申します」

「よろしくお願いします。胚培養士の加賀美《かがみ》です」

「胚培養士？」

答えたのは結衣子さんだった。

「卵子や精子を扱い、受精、さらに胚に至るまでの管理をする、生殖細胞を取り扱うエキスパートだよ。彼女たちなくして不妊治療は成り立たない」

加賀美が照れ臭そうに手を振った。

「そんな大層な紹介をして頂いて恐縮です。しかも明日見先生ともあろう人に……」

「でも」と続けた加賀美が、私に再び向き合った。

「やはり命を扱う職業ですから、常に真摯《しんし》に向き合っています。そんな私たちの仕事に、つむぎさんみたいな若い方が興味を持ってくれるというのは、とても嬉しいことです」

その口調からは、この仕事に従事していることに対する喜びが感じられた。そして私は知らぬうちに、胚培養士を目指していることになっていた。

真相を知ったら、加賀美はどう思うのだろうか。

私は体外受精で生まれ、親が誰なのかを知ることもできず、この技術で生を受けたことを納得するに至っていない。それを知っても、同じように誇らしげな顔をするだろうか？

「では早速、中に入りましょうか」

加賀美の声にハッとして、頭を下げる。

「お、お願いします」

ニコリと笑った加賀美が、扉の横のモニターに手のひらをかざした。少しすると電子音が鳴り、ガチャリと音がした。

「入室は、静脈認証で厳重に管理されているんです。どうぞ」

加賀美が扉を開く。その先にもう一枚扉があり、いかにこの先の部屋が重要な場所なのかを、肌で感じた。

一歩前に進むが、隣の結衣子さんがついてこない。

「ねえ結衣子さん。中に入るって」

声をかけるも、結衣子さんは物憂げに扉を見つめるだけ。

「どうしたの？」

しばらくすると、小さく息を吐いてこちらに目をやった。

「この部屋では、命になる前の命を扱っている」

「命になる前の……命？」

「本来、外では生きていけない存在だ。だから一つのアクシデントが命取りになる。置いてある機材には勝手に触ってはならないし、大声で会話もしないようにね。飛沫《ひまつ》から感染でもしたら大変なことになる」

昨夜、酒を呷ってばかりだった人だとは思えないほど、その目は真剣だった。

「気をつける」

小さく頷《うなず》いた結衣子さんは、ようやく足を踏み出した。

加賀美の背中についていく。引き戸を開けた先に広がっていたのは、グリーンの床材が張られた十五畳ほどの空間だった。見たこともない機材が並んでいる。ガラス張りの巨大な水槽のような箱が壁側に二つ設置され、中に顕微鏡が置いてある。対側の壁にも、学校ではおよそ取り扱わないような巨大な顕微鏡とパソコンモニターが並ぶ。さらに隣の棚には、レンジのような長方形の機械が六つ置いてあった。

無機質で機械的な空間は、命を育む場所というよりはむしろ、研究室そのものだった。

「あちらで作業しているのも、私と同じ、胚培養士の杉田《すぎた》です」

水槽の前に座り、ガラス戸を少し上げて、中の台に手を入れて作業をしている女性を加賀美が紹介した。

「ちょうどこれから体外受精をするところなので、一緒に見ましょうか」

杉田が機械の蓋を開け、手のひらにおさまるほどの底の浅いプラスチック製の皿型の容器を取り出した。

「そのディッシュに卵子が入っています」

浅いくぼみに、薄いピンク色の液体が満ちている。

「卵子って……、人のですか？」

「もちろんです。朝、患者さまから採卵して、そこの培養器の中で受精に適した状態になるまで、待っていたんです」

あの直径数センチの皿に人の卵があるなんて、想像もできない。杉田がディッシュを丁寧に扱い、水槽の中にある顕微鏡の台上に置いた。

「そこのモニターに映りますよ」

加賀美が指し示した画面を見る。顕微鏡を操作すると徐々に焦点が合っていき、細かい細胞の塊の中に、一際《ひときわ》大きな円形の細胞が見えた。動きはなく、およそ生命体とは思えない。

「あれが卵子?」

隣から、結衣子さんのしわがれた声が響く。

「そうだよ。いま見えているのは卵子卵丘《らんきゆう》細胞複合体、卵子とその取り巻きの細胞が一緒になっている状態だ。卵子は卵丘細胞に比べて圧倒的に大きくて、直径一二〇マイクロメートル、おおよそ一ミリの十分の一の大きさだ。人の命は全てここから始まるんだよ」

いま、命の源がディッシュの上にあり、それに赤の他人である杉田が向き合っている。生殺与奪権が彼女の細い指に握られている様子に、体が震えた。

「これから、精子と合わせて培養します」

杉田がプラスチック製のチューブの蓋を開けた。細いピペットで中の液体を吸い上げてディッシュに移すと、卵子よりも遥《はる》かに小さい細胞が、大量に割り込んできた。

「一つの卵子に対して五万から十万個の精子が、体外受精の適正条件なんです」

卵子とは対照的に精子は恐ろしいほどによく動く。数えきれないほどの細胞が、卵子を包む卵丘細胞の塊の中を掻《か》き分け、我先にと巨大な卵子に向かう、欲望と本能を剝《む》き出しにしたようなその動きは、どこかおぞましくも思えた。

「あとはそこの培養器で一晩置いて、明日受精確認をします。培養器では、温度や湿度、ガス濃度が自動管理されているんです」

淡々と説明する加賀美に、違和感を覚える。

私は命が誕生する瞬間を見ている。本来は男女の行為によって、他の誰にも知られず誕生するはずの命が、本人たちが介在しないところで、赤の他人である私たちの前で赤裸々に晒《さら》されている。

そのことに、どうしようもない気持ち悪さを感じた。

かつて自分もこんな風に、他人の手によって造られた。それを思えば、肉眼で見ることすらできない極小の細胞を、単なる物体だと思うことができなかった。

「それは、人の命なんですよね？」

「そうですよ。無事に受精すると細胞分裂が始まって、やがて胚盤胞というものになります。培養室で育てられるのはそこまでです」

巨大な顕微鏡の隣にあるパソコンを操作する。

「胚盤胞になるまでの成長、見てみますか？」

「え？」

「タイムラプスって言って、一定時間ごとに撮影した写真を繋げて動画にすることができるんですよ。これです」

画面に、白黒映画みたいな画像が映し出された。ただの円だと思っていた卵子の中には細かな粒子があり、もぞもぞと動いている。

やがて細胞が二つに分かれた。四つ、八つと増えていく。

「ここからは早いですよ」

その言葉どおり、細胞があっという間に増えていった。細胞の塊がぶるぶると動くさまは、爆発する一歩手前の惑星のような膨大なエネルギーが秘められていることを感じさせた。卵子の大きさそのものはさほど変わらず、分裂した細胞がどんどん小さくなっている。すでに、一つ一つの細胞は判別できないほど細かくなっていた。

分裂を繰り返す塊は、間違いなく生きていた。

たしかに凄《すご》い技術だ。卵子と精子さえあればどんな命だってここで創り出せることを思い知らされた。そうなるとやはり、私は奈緒さんの卵子から造られたとも限らず、血縁上は赤の他人なのかもしれない。だとしたら、奈緒さんはなぜこんな大層な技術を使ってまで私を自らに宿そうとしたのか、なおさら分からなくなる。

「つむぎ、大丈夫かい？」

結衣子さんの手が、背中に添えられた。

「……うん」

返事はしたものの、その声が届いたのかどうかわからない。それくらい喉の渇きを感じていた。

動画は、最後に球体の中に空気が混入したような形になって止まった。

「これが胚盤胞。現在はこの状態で移植する場合が多いです。昔はここまで体外で培養する技術なんてなかったんですよ。それから、技術と言えばもう一つ大切なものが……」

加賀美が、培養器が設置された台の下から、白い金属製のタンクを引き出した。結衣子さんの論文にもイラストで描かれていた奇妙な入れ物だ。

膝よりも少し高さがある五十センチほどの円柱型で、さながら牧場で使われているミルクタンクのような形状だった。入り口部は、手のひらサイズのキャップで封がされている。

「凍結胚保存タンクです」

『凍結』という単語を聞いて体が強張《こわば》った。奈緒さんが妊娠した方法が凍結胚移植だった。

「中に液体窒素が満たされていて、常に－196℃に保たれているんです。ここに胚を保存することができます」

つまり私も、命になる前の胚だったときに同じようなタンクの中に入っていたわけだ。全身に寒さを感じ、両腕を抱える。

「保存した胚は、液体窒素さえ切れなければ半永久的に保存しておくことができます」

全身が震え出す。それでもタンクから目を離すことができなかった。私はこんなところに閉じ込められていたんだ。暗くて、狭くて、氷よりも遥かに冷たい、－196℃の世界に。

「このタンク一つに、千五百の胚を保存できるんですよ」

その言葉に愕然《がくぜん》とした。血の繋がりのない千五百もの命の種がこの中に押し込められている。この世に生まれることができれば、それぞれの胚が一人の人間として何十年も生きる可能性がある。それを思うと、タンクの中で沢山の人間がひしめき合っているような錯覚を覚えた。

私は間違いなくその中の一人だった。肉眼では見えないくらい小さな細胞の塊だった頃、千五百もの命と人ならざるときを過ごしていた。想像すると、吐き気が押し寄せてきた。なぜ私だったのだろう。こんなに沢山の命の中から、なぜ私は選ばれたのか……。でも、もしも私が選ばれていなかったら、私はこの世に生まれてすらいない。そうなったら、いまも冷たい空間で止まった時間を過ごし続けていたのかもしれない。

私が今この凍結タンクを見つめているのは、偶然なのか必然なのか。

ふっ、と膝から力が抜けた。

「つむぎ！」

結衣子さんの細い体にしがみつく。足が悪い結衣子さんは、私を支えることなく共に倒れ込んだ。

頭がくらくらと揺れる。加賀美が肩を支えてくれた。

「大丈夫ですか？　つむぎさん」

「気持ち悪い……です」

結衣子さんの緊迫した声が響く。

「ここで吐くのはまずい。リカバリールームに連れて行ってくれないか」

「わかりました。杉田さん、ちょっと手伝って！」

加賀美と杉田に両肩を抱え上げられると、暗幕が下ろされるように視界が暗くなった。

――すまなかったね、つむぎ

意識を失う直前、結衣子さんの辛そうな声が聞こえた気がした。

遠くに響く足音で目が覚めた。

目を開くと視界が真っ白になり、徐々に天井のトラバーチン模様が明らかになる。周囲はベージュのカーテンで囲われている。ベッドに寝かされているらしい。

どれくらい気を失っていたのだろうか?

凍結胚を保存する技術を目の当たりにして、かつて自分が同じ環境にいたことを受け入れられなかった。自分の出生を知ろうとすることが、ここまで心に負担をかけるものだとは思ってもいなかった。

それでも、自分が何者であるか知りたいという欲求は、今も消えることなく心に蠢いているので、なおさら厄介だった。

扉が開く音がして、意識が引き戻される。

患者が案内されているのだろうか、二つの足音が響く。体外受精で生まれた自分が場違いに思えてしまい、小さなベッドの上で肩をすくめて息をひそめた。

徐々に大きくなった足音が近くで止まる。カーテンを開く音が隣で響いた。

「お呼びするまで、ここでお休み下さい」

「はい」

短い返答にどきりとする。フルートみたいに澄んだ高い声は、聞き覚えがあるものだった。

ベッドがたわむ音がする。カーテンで遮蔽《しゃへい》されただけの短い距離に気配を感じて、鼓動が早まる。心臓の音が隣に聞こえないように、体育座りになってシーツを抱えた。

「お名前確認しますね」

「わかりました」

二つ目の声で確信する。やっぱり、私の知っている人だ。

「佐伯峰子《さえきみねこ》さんでよろしいでしょうか」

その名が呼ばれた瞬間、思わず、衝動的にカーテンを開けてしまった。

驚いたように目を見開いて、肩を上げる峰子先生がそこにいた。そばかすが散ったすっぴん顔を見て、安堵《あんど》が溢《あふ》れてくる。

「明日見さん？」

優しい声が耳を触る。懐かしさすら感じさせる声だった。

突然放り込まれた非日常でもがいていた中で、不意に訪れた日常に、気づけば涙が溢れていた。

悲しいのか、怒っているのか、それとも安心したのかもわからない。堰《せき》を切ったように涙がこぼれ落ちていく。

「……先生」

出した声は震えて掠《かす》れてしまった。硬直していた先生は、柔らかく微笑《ほほえ》んでから、私の肩をそっと抱き寄せてくれた。

泣き声はすっかり嗚咽《おえつ》に変わり、言葉にならない声しか出てこない。

「少し話をさせてもらってもいいですか？」

「お、お知り合いなんですか？」

戸惑う看護師から私を隠すように、峰子先生の抱きしめる手に力が入った。

「そうなんです。しばらく二人きりにさせて貰っていいですか？」

「ですが」

「お願いします」

「……わかりました。では、後ほどまた参りますね」

「ありがとうございます」

足音が遠ざかり、扉が閉まった。

それからしばらく、私は子供みたいに泣き続けた。


ようやく泣き止《や》んだ私は、この数日間の出来事を全て話した。奈緒さんが義母だと嘘をついていたこと、喧嘩《けんか》して入院していること、私が体外受精で生まれたこと、本当の親がわからないこと、それから、凍結胚保存タンクを見て気を失ったことも。

嗚咽しながらの説明はしばしば言葉に詰まってしまったが、先生は私を急かすこともなく辛抱強く話を聞いてくれた。

「辛かったのね」

そのたった一言が、乾いたスポンジが水を吸収するかのように心にしみた。先生が私の手を優しく握る。

「私にできることがあればなんでも手伝うから、一人で抱えないで相談して欲しい」

真っ直ぐな眼差《まなざ》しには温かい光が宿っている。先生はいつでも変わらず優しい人なんだ。なんで私はこれまで、先生から差し出された手を頑《かたく》なに握ろうとしなかったのだろうかと、後悔した。

少し心が落ち着いてきた。

「先生はなんでここに？」

手を離した先生が、視線をずらした。

「妊娠するためだよ。ここに来るのはみんな、そういう人たちだから。中々子供ができなくて三年前から不妊治療を始めたの。色々な治療に挑戦して、今は体外受精までステップアップしてる」

そして、困ったような顔で唇に人差し指をあてた。

「他の先生たちには言わないでね」

「……なんで？」

「不妊治療って、未だにあまり理解してくれない人も多いから、学校の先生たちには言ってないの。だから、なるべく仕事に穴を開けないためにここに通院しているの。この病院はそういう相談にも対応してくれるから」

今日は日曜日だ。休日を潰して三年も通院しているのに、その努力が未だ報われない事実に胸が痛くなった。

「これから、凍結していた胚を移植するの」

凍結という言葉に反応した私を見て、先生が微笑んだ。

「明日見さんが生まれたのと同じ方法だね」

さっきの凍結胚保存タンクに、先生の子供になるかもしれない胚が保存されていたのかもしれない。

「こないだ二つの胚が作れて、一つはそのまま移植したんだけど駄目だった。だから、いま保存している胚がなくなると、また採卵して体外受精をしなくちゃならないの」

私が吐き気を覚えてしまったタンクは、先生にとっては間違いなく希望の光だった。

「妊娠するのって、そんなに難しいの？」

うつむいた瞳に影が差した。

「私にとってはね。でも本当に人それぞれで、すぐに妊娠できる人もいるし、むしろその方が圧倒的に多い。だけど私みたいに何度挑戦しても妊娠できない人がいるのも、事実なの」

悲し気な表情は、学校では見たことがないものだった。

「上手くいくといいですね」

そんなことしか言えなかった。だけど、先生の努力が報われてほしいと心から思った。

先生がうつむいて黙り込む。しばらくすると、どこか決心したように顔を上げた。

「実はね、今回の移植を最後にしようと思ってるの」

「え……、どうして？」

「保険が効くのが六回までなの。それで、これからやる移植が六回目だから」

「それ以上は、もうやっちゃだめってことなの？」

これだけ子供を望んでいるのに、回数が決められているなんてあまりに無情だ。

先生が小さく首を振った。

「あくまで医療保険が利かなくなるだけ。お金はかかるけど、それ以上続けることもできるよ」

「だったらなんで？」

「結構、辛いんだ」

真っ直ぐな告白に息を吞む。先生が眉を下げた。

「沢山の卵子を育てるために、毎回色んなホルモン剤を使うの。注射したり内服したり、膣《ちつ》の中に入れるものもある。私はこういう薬を使わないとスタートラインにも立てないんだって思うと、どんどん自信がなくなってくの」

切々と語られる言葉に、絶句する。

「採卵するときはもちろん、その後も痛みが結構あるし、今回こそは沢山卵子を取って状態のいい胚がいっぱいできればと思っても、一つしかできないこともあった」

加賀美たちは当たり前のように命を造り出しているように思えたけど、それに至るまでの道のりは、計り知れないくらい険しかったのか。

「なによりね」と先生が両手を握り締めた。

「駄目だったときが耐えられないくらい辛いの」

大きな瞳は、潤んでいるように見えた。

「胚を移植するときはね、私の人生を全部捧《ささ》げてもいいから上手くいってくださいって、毎回願いを込めるの。そして一週間後に妊娠しているかどうか確認するんだけど、いつも駄目でね。ホルモン剤を切るとすぐに生理が来ちゃって、……なんていうのかな、自分が全否定されているような気分になって、凄く落ち込んじゃうの。それでもどうにか立ち直って、次の移植に挑戦する。それの繰り返し。でも、もう心が限界になっちゃった」

体外受精に臨む女性は、こんなにも強く命を望み、覚悟を持っているのだ。

結衣子さんの論文が脳裏によぎる。

体外受精という技術の福音を待つ人たちが沢山いる。そして、極限状態の人間は、どんな希望にだってすがる。

「もしも……」と口にしたところで、言葉が止まる。

こんなことを訊くのは、酷ではないだろうか？

でも、訊かずにはいられなかった。

「もしも違法でも妊娠できる方法があったら、先生はその方法を使ってでも子供を産みたいですか？」

しばらく考えたあとに、答えが返ってきた。

「それでも産みたいと思うかもしれない」

「例えばそれが、自分とは血の繋がっていない命だとしても？」

言いながら涙が溢れそうになる。先生は小さく首を振った。

「いまはそれが本心かどうかはわからないけど、血縁関係はあまり重要じゃないかなって思う。それがなくても、私が目の前の命を望んだことに変わりはないから」

先生に奈緒さんの姿が重なった。もしもこれだけ本音で向き合ってもらえたら、言葉を交わせたら、私はどんなに楽だっただろう。

奈緒さんは、どんな気持ちでこの治療に臨んだんだろう。私は真に欲されていたのだろうか。それすらわからないから、私はいま迷路に迷い込んでいる。

「明日見さん」

再び手を握られる。伝わってくる温度はさっきよりも冷たく、少し震えていた。不安気な瞳に見つめられる。

「なんですか？」

「胚の移植に立ち会ってもらえないかな？」

「……なんで私が？」

震える手に、さらに力が込められた。

「私の最後の挑戦を手伝って欲しいの」

私が体外受精で生まれた子だからだろうか？　それとも、すでに一人では折れてしまいそうなほど、先生の心は限界なのだろうか？

「そんな……、私にできることなんて」

先生の手は離れず、潤んだ瞳が揺れた。

「結果はどうなってもいいの。明日見さんが見届けてくれたら、私はどんな結果でも受け入れられる気がするの。……だからお願い」

彼女の辛さを知ってしまった私は、その願いを断ることができなかった。


生徒を治療に立ち会わせて欲しい。

本来だったら許可など下りるはずもない異例の願い出は、峰子先生の必死の訴えを聞いた加賀美が院長の夕張に相談した結果、奇跡的に認められた。

これから、私は峰子先生の凍結・融解胚移植に立ち会う。

培養室の隣の処置室で、私たちはその時を待った。

少し照明が落とされた部屋の中央には、ピンク色の大きな椅子が置かれている。ショーツを脱いでバスタオルを膝にかけた先生が、緊張した面持ちでその椅子に座る。私は右横に立って、彼女の驚くほど冷たい手をずっと握っていた。

さながら、神聖な儀式が執り行われるような雰囲気だった。

培養室の扉が開き、二人の女性が入ってくる。加賀美と夕張だ。夕張の背は低く、不織布キャップに全て収まるほど短い髪は、どこか結衣子さんを思わせた。

医療服の上に不織布のガウンを着ていて、薄手のゴム手袋までつけている。ドラマで見る手術に臨む医者のような姿は、物々しい。

私たちの前に立った夕張が軽く頭を下げた。

「佐伯峰子さんでよろしいですね？」

「はい」

「胚は問題なく融解されました。これから子宮内に移植しますね」

加賀美が、培養ディッシュを大事そうに捧げ持っている。あの中に先生の大切な胚がある。－196℃の凍った世界から解き放たれた小さな細胞の塊は、触れてしまえば儚く消えてしまう。

冷たい手に力が込められた。それに応えるように握り返す。大きく息を吐いた峰子先生は、決意したように顔を上げた。

「よろしくお願いします」

「では、内診台が上がりますね」

小さな機械音と共に背もたれが倒れる。水平になると今度は台の高さが上がり、両足が大きく開いてゆく。

動きが止まると、夕張が棒のような器具を携えた。

「超音波が入りますね。そちらの画面に映ります」

棒が先生の下半身に押し込まれる。彼女の体が強張ると同時に、白黒の画像が映し出された。中央に線が入った洋梨みたいな物体が見える。

「これが子宮です。右側の細い部分が子宮頸部《けいぶ》で、左のずんぐりしているところが子宮体部です。これから体部に胚を移植しますが、先にガイドカテーテルを、子宮頸部から挿入します」

夕張が丁寧に説明する。子宮頸部に、先端が白く光る管が侵入してきた。体部に届く直前でカテーテルが止まった。

「胚を移植する準備をします」

加賀美が、細い管が繋がれた小さな注射器を手に取り、培養ディッシュから慎重に液を吸引する。徐々に部屋の空気が張り詰めていくのが分かった。

注射器が夕張に手渡された。

「では、移植をします」

画面には、先ほど挿入したカテーテルよりもさらに細い管が映し出される。先端がするすると進み、子宮体部で止まった。

「胚を注入します。その白い塊が目印の空気です。よく見ていて下さいね」

白い塊が管の中から飛び出ると、すぐさま管が引き抜かれた。

「終わりました」

あまりにあっさりと事が終わった。

先生は片時も画面から目を逸らさなかった。瞬《まばた》きすらせず、不安が浮かぶ瞳で、操作を凝視していた。

加減が利かないのだろうか、私の手を握る力がどんどん強くなった。震えて汗がにじんだその手を、私は励ますように握り続けた。

「お願い。お願いします」

祈るような小さな声が耳に届いた。

上手くいってほしい。それしか考えられなかった。


夕暮れの田んぼ道を一人で歩く。私が倒れたあと、結衣子さんは加賀美に伝言を残してさっさと帰ったらしい。あっさりしたものだと思うが、一人で考える時間が欲しかったので、むしろありがたかった。

胚移植を終えた峰子先生は、一週間後に妊娠したかどうかがわかるそうだ。先生からその場にも同席して欲しいと頼まれた。最後の審判が下る瞬間に私なんかがいてもよいものかと思ったが、胚の移植を目の当たりにした以上、結果まで知りたいという気持ちも強く、同席することを約束した。

あれだけ強く妊娠を望んだとしても、報われるとは限らない。人生は思っているよりも残酷なのだと思い知らされた。そのような女性にとって体外受精は福音に違いなく、たとえ法の壁を踏み越えてでも挑戦したいと思う人だって、間違いなくいるのだろう。

命を求める欲求は、それほどまでに強いのだと知った。

――奈緒さんは、どんな思いで胚移植を決めたのか。

いくら考えてもわからなかった。それもそのはずで、私は奈緒さんの思いを理解できるほど、彼女と関係を築いてこなかったからだ。義母だからと距離を置き、彼女と向き合うことを自ら拒否していた。

嘘つきだと罵倒するまえに、奈緒さんを理解しようとすべきだったのではないだろうか?

奈緒さんは今頃どうしているだろうか。空虚な瞳のままベッドから動けずにいるかもしれない。絶望して左腕の傷を増やしている可能性だってある。

転院から二日が経《た》つ。電話してみようかと思い、スマホを開く。でも、今の私が奈緒さんと満足に話し合えるのだろうか。

すると、純くんからのＬＩＮＥが入った。

『大丈夫?』

結衣子さんと会う前に、純くんとも気まずい別れ方をしてしまったことを思い出す。体外受精で生まれたことを後ろめたく感じてしまい、出自がさらけ出されることを恥じてしまった。それはつまり、体外受精に対して偏見があったからに他ならない。

加賀美たちは命に対して真摯に向き合っていたし、峰子先生はこの治療に全てを賭けていた。彼女たちの姿を思えば、あの時の自分の感情こそが恥ずべきものだったと分かった。

『大丈夫。昨日はごめんね』と、短いメッセージを打つ。

すぐに返信がきた。

『辛くない？』

溢れる優しさにすがりたくなる。でも今は、自分で奈緒さんとの向き合い方を決めなくてはならない。

『ありがとう。でも今は、もう少しひとりで考える時間が欲しい』

少し間があいてから、ＯＫのキャラクタースタンプが返ってきた。

「ただいま」というのも変だなと思いながら、重く大きな扉を開く。

そこだけで一部屋分はありそうな玄関口で靴を脱ぐと、リビングの扉の先に結衣子さんの姿が見えた。

まるで昨日の再現ＶＴＲのようにテーブルに突っ伏して、ウイスキーを呷っている。違いは、昨日蓋を開けた七百ミリボトルが、三分の一にまで減っていることぐらいだった。

結衣子さんは私に気づいて顔を上げる。まどろんだ目をみれば、帰ってからずっと酒浸りだったのであろうことが知れた。

「ああ、あれから大丈夫だったのかい」

白々しい物言いに呆《あき》れてしまう。

「自分はさっさと帰ったくせに、なにを言ってるの」

「私は隠居した身だから、ああいう場所にも中々居づらくてね」

「別にいいよ。目が覚めたあと、担任の先生がたまたま病院に来てて、胚を移植するところを見れたから」

「そうだったのかい。どうだった？」

「わからない。でも、一週間後に妊娠してるかどうか確認するんだって。それに同席することになった」

「そうかい」と言ってグラスに口をつける。

ぐだぐだになって飲んだくれている結衣子さんからは、なんの威厳も感じられない。夕張ARTクリニックではずっと真剣な表情を崩さなかったし、加賀美は結衣子さんへの尊敬の念を隠さなかった。

結衣子さんは、たしかにこの治療の開拓者だったのだろう。

「ねえ、なんで体外受精の仕事を辞めちゃったの？」

ここで酒に溺れているよりは、仕事を続けていた方がよほど有意義な気がする。広い家で酒瓶を抱えてテーブルの上で縮こまっているのは、本当に彼女が望んだ人生だったのだろうか？

ウイスキーのグラスが空いた。

「これだけ長く生きてれば色々あるものなんだよ。あまり詮索するもんじゃない」

はぐらかすように言って、ウイスキーボトルを摑もうとする。私は咄嗟《とっさ》にそのボトルを取り上げた。

「なにをするんだい？」

「もうお酒を飲むのやめなよ」

結衣子さんが口角を上げる。

「老い先短い人間の、数少ない楽しみを奪うもんじゃないよ」

あまりに弱々しい微笑みに心が痛くなる。結衣子さんと奈緒さんはかつて一緒に暮らしていたはず、なのになんでお互いこんなに孤独になってしまったのだろう。

「今の結衣子さんを見たら、奈緒さんが悲しむんじゃないの？」

奈緒さんの名前を出した瞬間、瞳に憂いが浮かんだ。

「だって、家族だったんでしょ？」

頰杖をして目を逸らした結衣子さんが、ため息を吐《つ》いた。

「家族なんかじゃないよ」

「嘘だよ」

結衣子さんの目を追う。黒い瞳が不安気に揺れる。

「奈緒さんの部屋、結衣子さんが掃除してるんでしょう」

プロの家事代行を雇い、埃《ほこり》ひとつないくらい掃除が行き届いたこの家の中で、奈緒さんの部屋だけが唯一〝普通〟だった。綺麗だけど掃除しきれていない部分がある床に、クローゼットの中をのぞけば、服のたたみ方が少し雑に見えた。服からは洗剤のいい香りがしたから、今でも定期的に洗濯して、結衣子さん自身がたたんでいるのだろう。

それだけ、あの部屋は特別なのだ。

「私には奈緒の家族になる資格なんてないんだよ」

結衣子さんは、昨日と同じセリフを、昨日より悲しそうに言った。その姿を見て、結衣子さんは奈緒さんと家族になりたかった人なんだと確信する。

「なにを以《もっ》て家族なのかなんて、よくわからないよ。だから資格なんて言われてもピンとこない」

「そうだ……ね」

私は家族というものが分からず迷っている。きっと結衣子さんも、そして奈緒さんもそうなんだ。私たちが無関係でないのは明らかなのに、みんなして家族になれない。

「訊きたいことがあるの」

肩に下げていたバッグから写真を取り出し、結衣子さんの前に置く。笹井医院の前で撮られた写真だ。若い頃の奈緒さんが見たこともない笑顔で赤子を抱いている。

私は赤子を指差す。

「この子は、私？」

「そうだよ。間違いない」

短い肯定のあと、結衣子さんが黙り込んだ。

「ねえ結衣子さん、本当のことを教えてよ」

顔を上げた結衣子さんが、弱々しく首を振る。

「前にも言ったけど、あんたの出生については、私からは何も言えない」

「違う。奈緒さんのことを教えて欲しいの」

その顔には驚きが浮かんでいた。

「今日色々見てきて、私は奈緒さんのことをもっと知らなきゃって思ったの。一緒に暮らしていたのに、知らなすぎたから」

「……すまなかったね」

「なんで結衣子さんが謝るの？」

昨日も、凍結胚保存タンクを見て私が倒れたときも、結衣子さんは申し訳なさそうに私に謝った。その姿はまるで、子供の不始末を謝罪する母親のようだった。

「だから教えて。結衣子さんが知っている奈緒さんのこと」

結衣子さんが吹き抜けの先の扉を見上げた。

「それを話すには、ずいぶんと昔のことから説明しなくちゃならないね」

そして結衣子さんは、チラリとテーブルに目をやった。その合図に従うように、私は結衣子さんの前に座った。

「奈緒は……、小学生の頃に母親を亡くしたんだよ」

結衣子さんが淡々と話し始めた。

母を亡くしたのは、中学に上がる直前のことです。子宮頸がんでした。

＊＊＊

あの日から、私の世界は変わってしまった。

大好きだった母はもういない。いつでも明るくて、笑顔を絶やさず、困ったことがあればすぐに助けてくれた母。母子家庭だということを気にしたことなどなかった。それくらい、一緒にいるのが楽しかった。

私の頭の中にある理想の母は、彼女以外にいなかった。自分の弱さを一切見せずに、どんな時も私の幸せを最優先にしてくれた。

子宮頸がんのこともずっと隠していて、母が病に侵されていることを知ったのは、なくなるほんの数ヶ月前だった。その頃は身体中《からだじゅう》が痛くて辛かったはずなのに、彼女は最期まで私に微笑みかけてくれた。

母が生きていた頃は、間違いなく幸せだった。

私の人生が音を立てて壊れ始めたのは、そのあとのことだ。

母が亡くなってから、私は母の親戚筋に引き取られた。歳下《としした》の男の子がいる三人家族だ。

二十年経った今でも、あの時私に降りかかった災難を思い出すと、息が苦しくなる。

新しい家族との生活は、上手くいかなかった。

きっと、私の態度も原因の一端ではあったのだろう。

母を亡くして、ずっと泣いていて、暗い気持ちで引きこもっていた。暮らし始めの頃、むこうの叔母から『今日から私を、お母さんだと思っていいから』と言われたが、受け入れられるはずもなかった。私の母は一人しかいなかったからだ。

そんな私が扱いにくかったのだろう。最初はなにかと優しかった叔母も徐々に不機嫌になり、口をきいてくれなくなった。私は私で、学校に行く以外はずっと部屋に引きこもって、なにをすることもなく、ただ時間を潰す日々が続いた。

私はこの家の家族ではないから仕方がない。肩身は狭いが、ここで生きていくしかないと思っていた。高校を卒業するまで……、あと六年経てば自立できる。そうしたらここを出て、一人で生きるんだ。そう思って、日々が過ぎるのを待っていた。

事件が起きたのは、母の死から一年ほど経った頃だった。

深夜のことだった。酔っ払った叔父が、突然部屋に入ってきた。そのままベッドに入り込んできて、声を上げようとしたら口を押さえられて、静かにしろと凄まれた。

それからゴツゴツした手が服の中に入ってきて、胸を触られた。背中からはむせかえるような酒の匂いが漂ってきて、吐きそうになった。叔父の手が、べたべたと左右の胸を這《は》ってきた。

全身が粟立《あわだ》つような感覚を覚えたが、なにが起こっているのか理解もできなかった。息をすることもままならず、私はただ固まっていた。やがて反応がないことに飽きたのだろうか、私の体を弄《まさぐ》るのをやめて、叔父は部屋を出て行った。

恐怖だった。叔父が去っていった扉を見ながら、思い出したように全身が震え出した。私はシーツにくるまって、ずっとガタガタと震えたままだった。叔母に話すこともできない。あれはなにかの間違いなのだと思って必死に忘れようとした。

だが叔父は、しばらくするとまたやってきた。

今度は胸だけじゃなく、下まで手が伸びてきた。背筋が凍るような思いだったが、抵抗する術《すべ》もなかった。

いま触られているのは私じゃない。そう思い込むことが、私にできる唯一の手段だった。まるで人形のように感情を殺して、時が過ぎるのを待つ。あのときなにをされたのかは思い出したくないし、正直あまり覚えてもいない。

ただ、前よりもベッドにいた時間が長かったことだけは確かだった。

ようやく叔父が部屋から出ていったときは、安堵だけが頭を占めていた。

しかしそれからも、真夜中に扉が開く頻度は増えていき、私は満足に眠れなくなった。今日は叔父が来なかったと思って胸を撫《な》で下ろす頃には、朝日が昇っている。そんな日々が続き、憔悴《しょうすい》していった。

やがて、叔父が来ると心にスイッチが入るようになった。

私が私でなくなるスイッチ。おそらくそれは、自己防衛だった。

荒ぶる動物のような息を吹きかけられているのも、千切れそうに乳頭を引っ張られているのも、張り裂けそうなほど痛かった下半身も、全て私がされていることではないと思うことで、私は自分を守るようになった。

おそらく叔母は、このことに気づいていたと思う。その証拠に、彼女は毎日のように私に辛辣な言葉を投げるようになり、食事も満足に貰えなくなったからだ。でも、なにも言えなかった。

そうこうしているうちに私は、日常生活でも私の身代わりを置くようになった。

これは私じゃない。私の人生じゃないから大丈夫。

そのうち段々、私は生きているのか死んでいるのかすらも分からなくなっていった。

私は私を殺したのだ。

生き返り方も分からずに、ただただ空虚な日々を過ごす。目に映る景色から色は消え、感情が動くこともなくなった。

死人同然の日々を過ごす中で、ならば死んでも変わらないのではないか？　そんな考えが浮かんだとき、机の引き出しに入っていたカッターナイフが目に飛び込んできた。

無意識だったのか、それとも意識していたのかはわからない。私はそれを手にとって、左腕にあてた。

震える手で刃を引くと、少し遅れて血が溢れてきた。その血には、見るも鮮やかな赤が映えていて、世界に色が戻った。悲しいというよりは、嬉しいような気持ちがあった。

私は一応、生きているんだ。

それを確認できたからだ。そう思うと、あとから痛みがやってくる。じんじんとする痛みは、私に生を思い出させてくれた。

異常なことに思えるだろうが、これは、暗闇の中で見つけた命を取り戻す方法だった。

しかしせっかく生き返っても、叔父が部屋にやってくると、私はまた私を殺す。

死んで、しばらくして腕を傷つけて生き返る。

あの頃はそんなことの繰り返しだった。

そして左腕に十本目の傷跡がついたとき、私は学校帰りに突然物凄い吐き気に襲われ、道端に倒れたところを、警察に保護された。

虐待を疑われて病院に連れていかれ、そこで判明した。

私は妊娠していた。

3

大きな家はしんと静まり返っていて、二人の息遣いだけがわずかに空気を震わせていた。あまりに壮絶な過去に言葉を失った。奈緒《なお》さんは母親を亡くし、引き取られた先で信じられないような仕打ちを受けていた。

「奈緒は一度、望まぬ妊娠をしている。警察から連絡を受けた私は、その子を堕《お》ろしたんだ」

懺悔《ざんげ》するかのように語る結衣子《ゆいこ》さんの顔には、苦しみが浮かんでいる。妊娠できない人の助けになりたくて不妊治療の道を選んだ人だから、その処置がどれだけ辛《つら》かったのかは、想像に難《かた》くない。

だが、それでもわからない。結衣子さんは、なぜ奈緒さんを引き取るほどの決断をしたのか。二人の関係は医者と患者のそれからは明らかに逸脱している。

「結衣子さんと奈緒さんは、元々知り合いだったの？」

「知り合いだったのは奈緒の母親だよ」

「お母さん？」

「小泉由美《こいずみゆみ》という女性だ。彼女は、四十年前に私が明日見《あすみ》医院を開業したばかりの頃の患者だったんだよ。ずっと子供ができなくて、当時まだ珍しかった、体外受精のできる私の病院を訪れた。高齢ってこともあって、すぐに治療を勧めたよ。あの頃は、体外受精で生まれた子が試験管ベビーって酷《ひど》い呼び方をされていたし、言われのない偏見だって山ほどあった。でも彼女は聡明《そうめい》で、絶対に子供が欲しいという信念があったからね。体外受精を即断したんだよ」

小泉由美の人物像を聞いて、私がリビングで毎日手を合わせていた写真が思い浮かんだ。小さい女の子にしがみつかれていた、眩《まぶ》しい笑顔の女性が由美なのではないか。そうであれば、あの私だと思っていた小さな女の子は、奈緒さんだ。

「何度か胚《はい》移植したんだけど上手《うま》くいかなくてね。そんなある日の夕方、由美さんが切羽詰まった様子で病院に駆け込んできた」

その口調が、徐々に重みを増した。

「なにがあったの？」

結衣子さんの視線が、テーブルを這《は》う。辛い過去を思い出そうとしている様子が見てとれた。

「いますぐ凍結胚を移植して欲しいと懇願されたんだ」

「どういうこと？　だって、凍結胚ってずっと保存できるって……」

「旦那さんの広道《ひろみち》さんが交通事故にあったんだよ。脳死に近い状態で、数日も命が持たないような状況になってしまったのさ」

もう一つの男性の写真、きっと彼が広道だ。だとしたら、家族三人で写った写真がないことも辻褄《つじつま》が合う。奈緒さんが生まれる前に、広道は亡くなったのだ。

「親が死んでしまったら胚移植はできないの？」

「そこがグレーゾーンなんだ。国によって見解は異なるし、そもそも日本では法律自体が存在しない。学会の会告が規準とはなっているが、法的拘束力がないんだよ」

法整備の必要性は、かつて結衣子さんが訴えていたことだ。

「その規準では、親が亡くなった後の移植はできないことになってるの？」

「夫婦関係が存続できない場合は、胚の保存期間からは逸脱するという見解になっているんだよ」

「逸脱？」

「離婚や片方の親が死亡した際は、保存胚を廃棄せよってことだね」

その言葉を聞いて、ぞっとした。

あの凍結胚保存タンクには千五百もの胚が保存されている。命未満の存在なのかもしれないが、確かに私の目の前で生きていた。液体窒素の中で外の世界に出ることをずっと待っているのに、親の夫婦関係が解消されれば、無情にも廃棄され殺されてしまう。

「由美さんは、凍結胚を捨てられたくないから移植を急いだってことなんだね。脳死だったらまだ生きてるから」

「脳死状態はもっと白黒がはっきりしていない。脳死状態を死とするか生とするのかは、いまでも意見は分かれているからね。由美さんのケースは、判断の難しい状況だった」

結衣子さんは、四十年も前に難しい決断を迫られた。

広道が亡くなりそうな中で、彼との子供を授かりたいと切に願った由美の訴えは、相当なものだったのだろう。そしてきっと由美は、結衣子さんなら救いの手を差し伸べてくれると分かっていたのではないだろうか？

「結衣子さんは胚を移植したんだね。それで奈緒さんが生まれた」

吹き抜けの先の扉を見上げる結衣子さんの目には、憂いが浮かんでいた。

「こういったケースでの移植の是非には、未《いま》だに結論が出ていない。特に日本では国が答えを出す責任から逃げて、問題そのものがないかのように棚上げされている」

私が自分の親のことを知りたいと訴えた時も、自分みたいな存在はそもそもいないものとされていた。

「世界中で様々な議論がされている。だが、命の議論なんてものは、そもそも答えなんて出るものじゃあない。だからこそどこかで線引きが必要だ。それがなければ、人はどんな希望の糸だって摑《つか》もうとするからね」

ルール作りを進めない国に対して、結衣子さんは怒りを覚えているのだ。しかしその口ぶりは、自分を責めているようにも思えた。

「由美さんの願いを叶《かな》えたことを後悔しているの？」

結衣子さんの言葉が詰まる。答えは、しばらく考え込んでから返された。

「私たちのように新しい技術の福音を信じている人間が適用拡大を求める一方で、ブレーキを踏もうとする人間たちもいる。彼らが新たな技術を拒む大きな理由は、生まれたあとの子供の権利を守れないからというものだ。親になりたい人間と、命の定義すら与えられていない胚との間の、権利のせめぎ合いなんだ」

結衣子さんの眉が歪《ゆが》んだ。

「生まれたときから片方の親しかいないというのは、子供にとってはあきらかなリスクだ。一人しかいない親を失えば、家族がいなくなるんだからね。それを知りつつ、私は自らの手でそんな家族を作り出し、結果的にそれが最悪の未来に繋《つな》がってしまったのは事実だ」

だからこそ結衣子さんは、奈緒さんの人生に責任を感じているんだ。四十年経《た》った、今でも。

「辛かったんだね」と言うと、自嘲するような笑いが返ってきた。

「何を言っているんだい。辛かったのは奈緒だ。それに……」

結衣子さんに見つめられる。

「今つむぎが辛い思いをしているのだって、元を正せば私のせいだ。だから、恨むなら、奈緒じゃなくて私を恨んでほしい」

「そんな……」

私に奈緒さんを恨む資格などない。そもそも恨めるほど、私は奈緒さんのことを知らなかった。

取り上げたウイスキー瓶を抱えて、流し台に向かう。

「だったら、やっぱりお酒を飲むのをやめなよ」

瓶に残ったウイスキーを全て流す。結衣子さんはその様子を黙って見つめていた。

「奈緒さんのために。今からでもさ」

いまの結衣子さんを見たら、奈緒さんはきっと悲しむ。

ガタリと椅子の音がした。

テーブルを見ると、まだ蓋の開いていない酒瓶を抱えた結衣子さんが立ち上がっていた。足を引き摺《ず》りながらゆっくりとこちらに歩いてくる。

私の隣に立って蓋を開けると、シンクに茶色い液体が流れ、むせかえるような酒の匂いが漂った。

隣に立った小さな結衣子さんに向かって声をかける。

「奈緒さんの話をいっぱい聞かせてよ。お酒を飲む暇もないくらい」

あっという間に瓶が空になった。

「あんまり話せることはないけどね」

「それでもいいよ。私も奈緒さんの話をしてあげるから」

結衣子さんは無言でシンクの底を見つめていた。水栓を捻《ひね》って残った酒を流す。透き通るような水の音と共に茶色が薄まっていくのを見て、少しだけ心が軽くなった気がした。

週が明けた月曜日、相変わらず蒸し暑い教室に涼やかな声が響いていた。

三者面談について話す峰子《みねこ》先生の姿はいつも通りで、その姿からは妊娠できるかできないか、そんな岐路に立たされていることなど、想像もつかない。不安に押し潰されそうになりながらも、生徒たちの悩みに寄り添い職務を全うしている彼女を見て、親になりたい女性とはかくも強いものなのだろうかと圧倒される。

奈緒さんはどうだったのか？

体外受精は親が妊娠したいと望んだからこそ行われる。ということは、奈緒さんは私を産みたかったということだ。あれだけ大きなトラウマを抱えながら胚移植に臨み、私を産み、育てたのであれば相当の苦労があったはずだ。

本当に彼女がそれを望んだのだろうか？

どうにもイメージが浮かばない。私にとって奈緒さんは血の繋がらない弱々しい義母でしかなく、母としての彼女を思い描くのに足る思い出がない。義母と母、二つの言葉の間を埋めていかなければ、奈緒さんの本当の姿は見えてこない。

昨夜、結衣子さんから色々な話を聞いた。

由美のがんは、見つかったときにはすでに大分進行していて、亡くなる間近まで結衣子さんが緩和治療を行っていたらしい。

通院には、奈緒さんも付き添っていて、小学生の頃はよく笑う子だったようだ。由美の死と、新たな暮らしが奈緒さんを壊した。

結衣子さんが引き取ったあとの奈緒さんは、どんな感情をも不恰好《ぶかっこう》な笑顔でしか表現できないようになっていた。結衣子さんは、心が壊れてしまった奈緒さんとどう付き合ってよいのか分からず、途方に暮れてしまったらしい。あれだけ命を創造してきた人なのに、なんとも皮肉な話だと思う。

そんな状況を生きてきたのに、なぜ奈緒さんは子を望んだんだろうか。どうしてもそこで思考が止まってしまう。

家族に憧れていたのか、それとも母になりたかっただけなのか。如何《いかん》せん私にはその気持ちが分からない。

そんな私にヒントをくれたのは、峰子先生に他ならない。

胚移植をした瞬間の祈るような表情が忘れられない。奈緒さんも、かつて同じ願いを私に込めたのかもしれない。そう思うと、先生の姿を通して、奈緒さんの心が垣間《かいま》見える気がした。

もしかしたら、先生はそれを見越して私に胚移植をする現場を見せてくれたのだろうか。そんな先生の姿を目の当たりにして、私がいかに他人を知ろうとすることを避けてきたのか、思い知らされた。他人と関わることを拒み、対話もせず相手を解《わか》った気になって自己完結していた。

だから、奈緒さんとも最悪の拗《こじ》れ方をしてしまった。

まだ間に合うのなら、私は奈緒さんのことを理解したい。そのためのヒントは、共に暮らしていた日常にちりばめられていたはずだ。たとえピースは少なくとも、それを集めれば本当の奈緒さんが見えてくるのかもしれない。

しかし情けないことに、いくら考えても、私と奈緒さんの間にある接点は、毎日作ってもらっていた料理ぐらいしかなかった。


青果売り場のじゃがいもを手にして、純《じゅん》くんがボヤいた。

「なんでも協力するとは言ったけど、まさかこんなところに連れてこられるとは思ってもいなかったな」

学校帰り、二人でスーパーにやってきた。

「急にごめんね。私、料理なんて作ったことがないから一人じゃ不安なんだ」

「俺だって料理できないんだけど」

「いいの。奈緒さんの料理を知ってるのって純くんしかいないでしょ。なるべく奈緒さんの味に近づけたいの」

「もちろん協力はするけど、奈緒さんの料理を食べたのなんて、もう何年も前だからなあ……じゃがいもは、これ？」

かごに入れようとしたその手に待ったをかける。

「奈緒さんの肉じゃがは、男爵いもじゃなくてメークインなんだ」

「そんなこだわりがあるの？」

「煮崩れしないから合理的なんだって」

へー、と言いながら純くんは男爵いもを戻し、メークインが入った袋を買い物かごに放り込んだ。

『奈緒さんの肉じゃがを作るのを手伝ってくれない？』

突然送ったLINEにもかかわらず、純くんはすぐにOKしてくれた。

「こっちは訊《き》きたいことがいっぱいあるんだけど」、と言いながら純くんが人参《にんじん》を掴んだ。

笹井《ささい》医院で気まずい別れ方をした後の出来事を、彼はまだ知らない。

「それも、ごめん」

「まあ話したくなった時でいいんだけど」

玉ねぎ、絹さや、糸蒟蒻《いとこんにゃく》をかごに入れていき、精肉売り場の前で足が止まる。

「お肉はどれを選べばいいんだろう？」

陳列されているパックの種類は膨大だった。純くんが眉を寄せる。

「たしか牛肉だったよな。変わった肉じゃがだって思った記憶がある」

「牛肉が入ってるのって珍しいの？」

「この辺りで肉じゃがって言ったら、普通は豚肉だろ」

そう言ってスマホで検索をかける。

「ほら」と見せてくれた画面には、牛肉と豚肉のどちらを使うのかについてのアンケート調査結果が映っていた。東日本が豚肉、西日本が牛肉とはっきり分かれている。

奈緒さんの肉じゃがはいつも牛肉だった。もしかしたら母親の由美が、西日本の出身だったのかもしれない。小さなピースが一つ見つかったことに高揚した。きっと生活の色々なところに、奈緒さんを知るための欠片《かけら》がちりばめられている。

「結局どれにするの？」

牛肉に絞ってもまだ種類が多い。

「これにしようかな」

すき焼き用の肩ロースを手に取った。

「これで材料は大体揃《そろ》ったのかな」

レシピサイトとかごの中を交互に見ながら頷《うなず》くと、純くんが顔を上げた。

「どこで作るつもりなの？」

心臓がドキリと跳ねる。

「そりゃあ……、うちでだよ」

純くんが、明らかに狼狽《うろた》える。

「でも……」

次の言葉を言わせない勢いで、私は言葉を重ねた。

「奈緒さんが作っていた場所、うちのキッチンじゃないと意味がないの。だからお願い。一緒に来て欲しいの」

真剣な提案だということは伝わったようだ。私は純くんに、さらに訴えかける。

「一人で家に帰るのが不安なの。奈緒さんの嘘《うそ》が分かったとき、ずっと暮らしていた家が全部偽物に思えて、怖くなっちゃって……。それっきり、まだ家に帰ってないの」

「ずっと帰ってないって、一体どこでなにしてたんだよ？」

「結衣子さんの家に泊まってる。今日も大網《おおあみ》から登校したの」

目をまん丸に見開いた純くんが、「マジかよ！」と声を上げた。

「結衣子さんって、明日見結衣子のことだよな？　俺の知らない間に、なにがどうなってるんだ？」

「それも全部話すから、うちに来てよ」

しばらく考え込んだ純くんは、顔を赤らめつつ頷いた。


二日ぶりに開いた玄関扉の先の空気は、湿気を帯び、どこか古めかしさすら感じた。

薄暗い廊下には私と奈緒さんの部屋の扉が並んでいる。久しぶりに我が家の敷居を跨《また》いだ純くんは、緊張した面持ちでリビングに入ると、周囲を見回した。

「最後に来た頃から、あまり変わってない気がするな」

「奈緒さんはこれといった趣味がない人だったからね。インテリアもほとんど変わってないよ」

「テーブルも昔のままだ」

ダイニングテーブルにレジ袋を置く。潤くんは窓側の椅子に座ると、表面が剝げた天板を懐かしそうに撫《な》でる。純くんが座ったその席は、彼が奈緒さんのナポリタンを食べた場所だ。そこは本来奈緒さんの場所なのだが、彼がうちに来るときにはいつも席を譲り、私の隣に座った奈緒さんは、困ったような笑顔で二人がご飯を食べるのを見つめていた。

奈緒さんが純くんと会話をしていた記憶はあまりなかったが、ふと、『他に食べたいものはないですか？』と欠かさず訊いていたことを思い出した。やはり小学生の頃の私は、今よりも奈緒さんのことをちゃんと見ていたのだ。

「料理作らないの？」

「ごめん。ぼーっとしてた」

レジ袋を抱えてキッチンへと向かう。腰壁越しのセミオープンキッチンは奈緒さんだけの空間だ。子供の頃、落とした包丁を摑んだ私を見て奈緒さんが過呼吸発作を起こしてしまって以来、私がここに立つことはなかった。

はじめてまともに立ったキッチンは、三口コンロとステンレスシンクが横に並んだシンプルな構造で、背面に冷蔵庫と電子レンジ、食器棚が配されている。毎日料理しているにもかかわらず、隅々まで手入れが行き届いていて美しい。

作業台の前に、二人で並んで立つ。

「奈緒さんが作ってた肉じゃがのレシピはあるの？」

「分からないの」

「じゃあ、基本の肉じゃがってレシピで作ってみようか。手順をこっちから言っていくから」

「わ、私が作るの？」

「そりゃそうだろ。まずは下準備だって。野菜の皮を剝《む》きましょうって書いてある」

「待ってよ」

包丁の場所すらわからない。四方八方の引き出しや扉を開き、足元の扉の内側に包丁挿しが備え付けられているのをようやく発見する。三本並んだもののうち、手のひらに刃がおさまりそうな、小さな包丁を選んだ。包丁を扱うのは家庭科の授業以来だったし、その時もほとんどの作業は料理が得意な子に任せきりだった。

人参を左手に持って包丁を構える。

おぼつかない仕草で皮剝きを始める。人参はまだしも、不規則な曲面を描くじゃがいもを剝くのは思ったよりも難しく、ところどころ不恰好に皮や芽が残ってしまった。玉ねぎを切ろうとすれば外の皮がずるりとむけて、滑った包丁で手を切りそうになり、中身に包丁を入れたら汁が飛んできて、泣きそうなほどに目が痛い。

全ての野菜が裸になった頃には、どっと疲れていた。

「次は食べやすい大きさに切るんだって」

「少しは休ませてよ。大体、食べやすい大きさってどれくらい？」

「それはつむぎが一番よく知ってるはずじゃん」

「そっか。奈緒さんの肉じゃがを作るんだった」

記憶を探りながら野菜を切る。しかし、包丁から切り出される野菜たちの形はバラバラで、奈緒さんの肉じゃがとはかけ離れていた。

「次に、鍋で肉と玉ねぎを中火にかけて炒《いた》めます」

「鍋……、鍋ね」

足元の棚を開く。フライパンの横に四つの鍋が重なっていた。

「いっぱいあるんだけど」

しばらく悩んだ純くんが、一番大きな両手持ちの鍋を指差した。

「大きいのでいいんじゃない？　大は小を兼ねるって言うし」

「本当に合ってるの？」

「わからないけどやるしかない」

中火というのは、コンロのスイッチに書いてあったので助かった。火をつけたコンロに鍋を置き、牛肉と玉ねぎを炒める。しばらくすると、焦げ臭い匂いと煙が立ち上ってきた。

「焦げてない？」という指摘に、菜箸で慌てて肉を剝がそうとするが、鍋底に肉が引っ付いている。

「油ひいたの？」

「ひいてないよ」

「きっとそのせいだ」と言いながら、純くんがサラダ油をドボドボと鍋に入れた。パチパチと音が鳴り始め、ようやく肉は剝がれたが、鍋底はすっかり焦げついていた。

「次は？」

「野菜と水、調味料を入れて蓋をします」

レシピどおりの水を入れても具材が浸らず、仕方なく倍以上の水を追加する。さらに醬油《しょうゆ》と味醂《みりん》、酒を入れて蓋をした。

「あとは二、三十分煮込みます、だって」

ようやく落ち着ける状況になったことに、安堵《あんど》した。

「これで本当に奈緒さんの肉じゃがができるのかな？」

純くんの表情は渋い。

「期待はできそうにないな」

希望のない言葉に、深いため息を吐《つ》く。

「料理って、こんなに大変なんだね」

「はじめてやるんだから、こんなものでしょ」

奈緒さんは、こんなことを十八年間も欠かさずやっていたのだ。私みたいに愛想のない子供のために、こんな手間がかかることをずっと続けていたなんて、さぞやりがいもなかっただろうと自虐する。

鍋がぐつぐつと音を立てている。あまりの徒労から深いため息がこぼれ、思わず作業台に両手をついてうなだれる。

しばらくしてから顔を上げると、腰壁の先にリビングが広がっていた。その先に見えたものに、視線が釘付《くぎづ》けになった。

「あ」

思わず上がった声に、純くんが反応する。

「どうしたんだ？」

腰壁の先を指差す。

ダイニングテーブルのさらに向こうに、壁に備えつけられた収納ラックが見えた。チェリーウッドの天板には、見飽きるほど見てきた写真が置いてある。

「ここからお母さんの写真が見えてたんだ」

由美と奈緒さんのツーショット、おそらく奈緒さんが、人生を楽しいと思っていた頃の大切な思い出だ。

「どういうこと？」

純くんは、まだ奈緒さんの過去を知らない。

「私がお母さんだと思っていたあの写真あるでしょ？」

「昔から飾られているあれか」

「実はあの女の人は奈緒さんのお母さんだったの。由美さんって言って、奈緒さんが小学生の頃に亡くなっちゃったんだって」

料理をしているとき、奈緒さんはいつもあの写真を見ていたんだ。私と二人きりで生きていく中で、辛いことがいっぱいあっただろう。そんなときはきっと、あの写真を見て耐えてきたのだ。

「あの人が、奈緒さんのお母さん？」

「順番に話すね」

二人で並んだまま、わたしは週末の出来事を話した。結衣子さんのこと、体外受精の現場を目の当たりにしたこと。

蓋がカタカタと音を立て、湯気が漏れ出る。

「私ね、体外受精で生まれたってわかったとき、勝手に純くんに対して恥ずかしいって思っちゃったの」

だから結衣子さんに会いにいくとき、彼を拒んでしまった。自分が未知の技術で生まれたことに対して、勝手に羞恥した。

「俺はそんなこと微塵《みじん》も思わなかったけど」

そう、純くんはそんなことを思うような人間ではない。それなのに拒絶してしまったということは、私は彼を信じていなかったんだ。私は一人で悩みを抱え込み、他人を拒絶して、大切な絆《きずな》さえ手放そうとしてしまったのだ。

「ねえ純くん」

「なに？」

「体外受精ってね、自分の人生の全てを賭けた大変な治療だったの。人それぞれ色々な事情を抱えてるけど、みんな、それでも命が欲しいって思って病院に通ってるの」

写真の中の由美が笑っている。彼女も、峰子先生も、命を生み出す新しい技術に人生をかけた人たちだ。

「だったらきっと、奈緒さんもそうだったんじゃない？」

静かに、そして諭すように純くんが言った。私たちの視線はしばらく写真に釘付けになっていた。

「望まれずに生まれた命だって沢山あるんだから、その人たちにとっては、羨《うらや》ましい話だよ」

「え？」

純くんの言葉に違和感を覚えた瞬間、スマホのタイマーが鳴った。どこか憂いのこめられた表情で幼い頃の奈緒さんの写真を見ていた純くんは、不自然なほど明るく笑った。

「ほら、できたみたいだ。蓋、開けてみようよ」

「……わかった」

純くんの隣から覗《のぞ》き込むように蓋を凝視する。私の初めての料理の出来映えが明らかになる瞬間だった。

蓋が開いた。湯気が立ち込めてから、醬油と味醂の甘い香りが一瞬だけ鼻をくすぐるも、すぐに焦げ臭い匂いがそれらを打ち消した。

「……うわあ」

火が強すぎたのだろうか、じゃがいもはボロボロになり、玉ねぎは跡形もなく姿を消している。大量にある煮汁の色は薄く、はっきり言って食欲をそそる見た目ではなかった。

しばらく二人で鍋を見つめていると、純くんが口を開いた。

「次があるよ。また明日作ってみよう」

「ありがとう。これは持って帰って、結衣子さんと一緒に食べることにする。もったいないし」

「俺も、もらってくよ」

「悪いよ。そんなの」

「食べないと改善点がわからないし、せっかくつむぎが初めて作った料理なんだから、食べてみたい」

笑顔で言われたセリフにどきりとする。気まずい時間があったからこそ、一緒にいる時間が温かくて貴重なんだと気づいてしまう。

「ちょっと待って。入れ物探すから」

火照《ほて》った頬を見られたくなくて、後ろを向いて食器棚をバタバタ開ける。その勢いで冷蔵庫まで開けてしまって、手が止まった。

ちょうど目線の高さの段に、お椀《わん》が置かれていた。

中に入っていたのは奈緒さんが作った肉じゃがの残りだった。朝食にこれを食べて学校に行ったあとに、奈緒さんが倒れたのだと思い出す。

ずっと冷蔵庫を眺めている私を不思議に思ったのか、純くんも中を覗く。私の視線の先にあるものを見て、彼も動きを止めた。

「かなわないなあ……」

作ってから二日も経っているはずの肉じゃがは、具材の煮崩れもなく、食材の彩りもバランスも完璧で、美しかった。

初めて作った肉じゃがの味は、やはり散々だった。

あれだけ煮込んだわりに味は染みてないし、焦げた苦味が後から押し寄せてきて不快ですらあった。結衣子さんも『こんな不味《まず》い肉じゃがなんて食べたことがない』とボヤいていたが、文句を言う割には全て食べてくれた。

こんな有り様でも、奈緒さんの肉じゃがを再現しようとしているんだよと話すと、『期待しないで待っているよ』と、結衣子さんはどこか嬉《うれ》しそうに言ってくれた。

それから、肉じゃが作りの日々が始まった。時間を見つけては上手に作る方法を調べて、純くんと試作に没頭する。

何度かキッチンに立つ中で、料理道具が次々と見つかった。ピーラー、計量スプーン、すくい網、おろし金にチョッパー、フードプロセッサー、使い方もわからない道具を見つけるたび、奈緒さんの欠片を見つけたような気になって、つい嬉しくなった。

しかし、肝心の料理の完成度は、中々向上しなかった。鍋はフライパンに変えたし、煮崩れしないように野菜の面取《めんと》りもしてみたし、煮込む時間や調味料の量を変えてみたものの、一朝一夕で技術が身につくはずもなく、中々味が締まらない。

私が当たり前のように食べていた奈緒さんの肉じゃがは、人参は甘く、じゃがいもがしっとりしていて、牛肉の柔らかさも抜群で、出汁《だし》と調味料がそれらの具材を見事に調和させていた。

実際に作ってみて、はじめてその高みが分かった。

あれだけ手間がかかった料理を作ってくれていたというのに、味つけが濃くなったただの薄くなっただのと表面上の違いばかりを気にして、私は奈緒さんのメンタルを測るバロメーターとしてしか料理を見ていなかった。

大切なことには後から気づく。思えば私はいつもそうだ。勝手に納得した気になって、傷ついて、後悔する。

でも、奈緒さんを理解しようと思ったあの日から、不思議な感情が湧きおこるようになった。彼女の新しいピースが増えるたび、まだ大丈夫、私たちはまだ修復する余地がある、そんな根拠のない自信が、背中を押してくれるようになった。

それに気づいてから、いつしか宝探しをするようにキッチンに立つようになっていた。奈緒さんと会うまでに、私はどれくらい宝物を見つけられるだろうか。

そんな気持ちで、今日も肉じゃが作りに勤《いそ》しんだ。

目標がある日々というのは、あっという間に過ぎるものなのだということを、高校三年になって初めて知った。

試行錯誤しているうちに、あれよあれよと週末を迎え、高校最後の夏休みに突入した。土曜日の夕方、結衣子さんとの食卓に上がるのは、今日も同じメニューだった。

「だいぶ肉じゃがらしくなってきたね」

たしかに見た目はよくなってきた。煮崩れはしていないし、煮汁の色合いも濃すぎず、かといって薄すぎもしない。

「色々工夫しているからね。面取りしたり、火加減に気をつけたり、お酒を入れてみたり」

純くんがレシピを検索してくれて私が作る。最初はあれだけバタバタしていたのに、今では互いの呼吸も合ってきた。

へーと言った結衣子さんが、じゃがいもを口に放り込む。しばらく咀嚼《そしゃく》すると首を傾《かし》げた。

「悪くはないけど普通だね。これが奈緒の肉じゃがなのかい？」

「違うよ。もっとずっと美味《おい》しかった」

峰子先生の妊娠判定までに肉じゃがを完成させたかったけど、結局、最後まで味は決まらなかった。悔しい気持ちでじゃがいもを頬張る。火はきちんと通っているが、肝心の味が中まで染みていない。外面だけで人を分かった気になっている私そのものだった。

「どうした？」

箸が止まった私を見た結衣子さんが、訝《いぶか》しんだ。

「人生って、中々上手くいかないもんだなって」

「私にそれを言うなんて、ずいぶんな皮肉だよ」

自嘲気味に笑った結衣子さんは、先週日曜日から一滴もウイスキーを飲んでいない。

「奈緒の経過はどうなっているんだい？」

「まだ電話をする勇気が出ないの」

精神科の病院への転院からちょうど一週間。何度か連絡をとってみようかとも思ったが、結局できなかった。

それに……

「まずは明日の結果に集中したいかな」

昨日の夕方、先生と形ばかりの面談を行った。他の生徒たちの前では決して弱気を見せない彼女は、二人きりになると眉を下げて『やっぱり緊張するね』と、震える声を絞り出していた。

「体外受精って残酷だね」

妊娠判定は、ドラマとかで見るような超音波で赤ちゃんを確認するものではなく、血液検査の結果で判断されるみたいだ。あれだけ祈りを捧《ささ》げて胚を移植したのに、たった一回の採血で運命が決まるなんて、入試よりもよほど温かみがないように思えた。

「あんなに大変な思いをして、自分の体を傷つけてまで子供を授かりたいと願っているのに、駄目なこともあるなんて辛いよ」

結衣子さんがため息を吐く。

「むしろ駄目なことの方がよほど多いもんだよ。私だって辛い場面はいっぱい経験してきた」

結衣子さんの言葉には、重みがあった。

「私、峰子先生に能天気な言葉をかけちゃった」

どうにかして先生を励ませないかと思って、色々な話をした。私が奈緒さんの料理を再現しようとしていることや、奈緒さんに会いたいと思っていること。やさぐれていた私がこれだけ行動しようと思えるようになったのは、先生のおかげなんだということを伝えたかった。

でも、慣れないことはするものではなかった。思いの丈を伝えているうちに気持ちが昂《たかぶ》ってきて、あろうことか私は『きっと大丈夫です。私は絶対にうまくいくと思ってるから』と、専門家でもないくせに断言してしまった。

素人《しろうと》の『大丈夫』ほど無責任な言葉はない。そんなもの、当事者にとってはなんの救いにもならないとわかっていたくせに、どうにか搾り出せたのが、そんな陳腐な言葉しかなかった。

大事な日の前に、なんて適当なことを言ってしまったんだと、言ってしまってから後悔した。

「それで、非難されるようなことを言われたのかい？」

「……ううん」

ひどいことを言ってしまったとすぐに気づき、恐る恐る先生を見ると、彼女は目を真っ赤に腫らしていて、一緒に胚移植を見届けたときのように手を握って、『ありがとう』と言ってくれた。

そんな言葉は社交辞令に決まっているのに、あろうことか私は先生の言葉を真に受けて、思わずもらい泣きしそうになってしまった。感情が抑えられなくなってしまい、教室を駆け出した。

「気の利いたことじゃなくてもいいんだよ。なにも言えないよりは、ずいぶん立派さ」

そう言った結衣子さんが、また憂いの込もった表情を見せた。結衣子さんがこの顔になるのは、決まって奈緒さんとの過去を後悔しているときだ。

結衣子さんが顔を上げる。

「奈緒の腕に、リストカットの跡があっただろう」

ポツリと訊いてきた。

「うん、あったよ」

「何本だった？」

久しぶりに彼女の素肌を見たのは、笹井医院のあのときだ。その本数は十年前と変わらなかった。

「十……四本だったかな」

「そうか」と呟《つぶや》いた結衣子さんは、「ありがとう」と小さく言った。

私は、結衣子さんのその言葉の意味がよく分からなかった。


翌朝は、早くに目が覚めた。

とうとう迎えた峰子先生の運命の日はよく晴れていて、抜けるような青空が窓枠の外に広がっていた。高台から見下ろす田んぼは緑の絨毯《じゅうたん》みたいで、青と緑のコントラストが美しかった。

クローゼットからグレーのワンピースを引っ張り出す。相変わらず左右に跳ねた髪を水でなでつけてから、椅子に座って気持ちを落ち着けるように深く息を吐いた。

目の前に写真が飾られている。笹井医院の前で小さな私を抱いて、満面の笑みを見せる奈緒さんの姿がそこにあった。

はじめて見た時には、ずっと嘘をついていた奈緒さんがなぜ笑っているんだと違和感を覚えたが、奈緒さんの笑顔を毎日見ているうちに、そんな感情はいつしかなくなっていた。

奈緒さんが私を移植した場所に行ってきます。どうか力を貸してね。そんな願いを込めてから家を出た。

すでに見慣れた田園風景は、陽《ひ》の光に照らされて一層美しく輝き、真夏の暑さを柔らげてくれる。ゆっくりと駅まで歩き、相変わらず混んでいる外房線に乗り込んで、車窓を眺める。田園風景が左から右へと流れていき、千葉駅に近づくにつれて、住宅地が増えていった。

結衣子さんの家から病院までの道程は、かつて奈緒さんも通ったものと同じはずだ。私という胚を移植する日、奈緒さんはどんな気持ちでこの道を辿《たど》ったのだろうか？

それだけじゃなくて、料理のことや、私が小さい時のこと、結衣子さんとの生活についても、聞きたい話が山ほどある。

純くんにＬＩＮＥを入れた。

『これから病院に行ってくる。終わったらどこかで会えない？』

しかしいつもすぐに返ってくるＬＩＮＥは、この日は沈黙するだけだった。

しばらく画面を見つめていると、ようやく返事がきた。

『俺はつむぎが羨ましい』

予想もしていなかった言葉に困惑する。しかし、既読がついた瞬間にメッセージが送信取消された。

『なにかあったの？』

慌てて送信したが、今度は既読すら付かない。

純くんに、なにか酷いことでもしてしまっただろうか？

不安が心に生まれて増大していく。なにか誤解があるのなら、すぐにでも解きたかった。

困惑した気持ちのまま画面を見つめていると、やがて千葉駅到着を告げる車内アナウンスが流れた。

『終わったらすぐに連絡するから』

それだけメッセージを打って、私は先生との待ち合わせ場所へと向かった。

私よりも先に駅に着いていた峰子先生は、見るからに緊張していて、表情も固かった。軽い挨拶だけしてから夕張《ゆうばり》ARTクリニックに向かう。会話はするものの、お互い示し合わせたように妊娠についての話題は出ず、病院が近づくにつれ、口数そのものも減っていった。

これから聞く結果もそうだが、さっきの純くんのメッセージが頭から離れない。何度かスマホを確認したものの、既読はつかないままだった。

一週間ぶりに訪れた雑居ビルの二階は今日も混んでいて、受付を済ませたあと、一つだけあいていたソファーに並んで座り、診察番号が呼ばれるのを静かに待った。

待合室にはなんとも言えない雰囲気が漂っている。ここで待っている女性たちはみな、命を求めてこの場所にやってきている。それぞれに事情があり、家族がいて、覚悟を持って集まっている。

三十分ほどしてから、先生が呼ばれた。

「行ってくるね」と私にかけた言葉は、病院についてから初めて聞いた彼女の声だった。

胸の前で小さく拳を握り締めて、自分を奮い立たせるように小さく息を吐いてから、先生は中待合室に向かって歩いて行った。

採血だけ済ませた後、再びソファーで並んで待つ。

番号を呼ばれた女性たちが次々と中待合室に消えていく。彼女たちの表情は皆一様に緊張していて、何かの儀式に臨もうとしているようにも見えた。戻ってくる人たちの表情は、安堵し嬉しそうな人もいれば、泣き出しそうなくらい顔を歪めている人もいた。

永遠とも思える時間が過ぎたあと、ついに峰子先生の番号が呼ばれた。

「いこっか」と私の手を握った手は冷たくて、震えていた。そんな峰子先生の緊張が私にも伝わってきた。

中待合室までの廊下は放課後の学校みたいに無機質で、両側の壁に押し潰されてしまいそうな圧迫感があった。一歩歩くたびに自分が小さくなっていくような感覚を覚える。

中待合室まで進むと、看護師が診察室へ案内してくれた。

耳に響く心臓の音は、峰子先生のものだったかもしれないし、私の拍動だったのかもしれない。それすら分からなくなっていた。

診察室の扉の先に院長の夕張が待っていた。胚移植のときはキャップとマスクで分からなかったが、ショートヘアと感情が見えにくい表情は、やはり結衣子さんを思わせた。

「よろしくお願いします」

震える声で挨拶してから、峰子先生が患者用の丸椅子に座る。私も、隣に用意されていた丸椅子に静かに座った。

夕張が、私に向かって頭を下げた。

「先日はゆっくりと挨拶もできずにすみません。明日見先生のお孫さんですね」

「……はい」

「先生には色々お世話になりましたと、よろしくお伝えください」

私も頭だけ下げる。焦燥と緊張感で声が出なかった。

夕張が電子カルテを操作する。その姿を凝視した。

画面を確認すると、峰子先生に向き合った。表情に乏しい夕張からは、結果がどちらかうかがえない。

「先生……、どうだったでしょうか？」

こらえきれないといった様子で、峰子先生が身を乗り出した。その姿は、親を探して鳴くひな鳥のようだった。

「佐伯《さえき》さん」

抑揚のない声に背筋が強張《こわば》った。

「はい」

先生が、か細い声を返した。張り詰めた空気の中で、彼女の息遣いまでも聞こえてきそうだった。

「ホルモン値、上がっていましたよ」

それほど大きくない夕張の声が、はっきりと耳に届いた。その瞬間、隣から声にならない吐息が漏れた。

「妊娠判定陽性です。おめでとうございます」

慈悲が込められた夕張の言葉に、時の流れが戻ったような感覚を覚えた。口から飛び出しそうだった心臓が元の位置にすとんと戻り、視界が一気に開ける。

泣き声が聞こえてきた。

それに引っ張られるように隣を見ると、先生が口をおさえて大粒の涙をこぼしていた。

「ありがとうございます。……ありがとうございます」

何度も頭を下げる姿を見た夕張が、小さく微笑《ほほえ》んだ。

「少し席を外しますね。落ち着いたら今後の説明をします」

そう言って、夕張は看護師と共にバックヤードに姿を消した。

先生の嗚咽《おえつ》が診察室に響く。まるで赤子《あかご》のように背中を丸めて、これまでの想《おも》いを、辛さを、そして喜びを、ただ純粋に吐き出すように泣いていた。

小さな背中に手を添える。

「よかったね、峰子先生」

声をかけると先生が顔を上げた。涙で真っ赤に腫らした瞳に、感情の制御ができなくなる。

「明日見さん」

感極まった様子で飛びつかれた。首の後ろに両手を回され強く抱きしめられる。

先生の体温が、鼓動が、呼吸が、直に伝わってくる。

「ありがとう」

耳もとで伝えられた言葉に目頭が熱くなった。私もぼろぼろと涙がこぼれるのを堪《こら》えられなかった。

「私は……、なにも手伝えてないよ」

治療を頑張ったのは先生だ。私はただそれを見ていただけ。それどころか、私は彼女から前に踏み出す勇気をもらったのだから、お礼を言いたいのはむしろこちらの方だった。

「そんなことない。明日見さんが私に勇気をくれたの」

飾りのない言葉に胸が熱くなる。ありがとうの言葉が、耳もとで何度も唱えられる。心に溜《た》まっていたモヤモヤが、あっという間に晴れていくような気持ちだった。

先生の腕に、力が込められる。

「お母さんとのことは、絶対に大丈夫だからね」

先生が背中を押してくれている。私はこんなにも人に支えられていたのだと実感する。

そのとき、脳裏に突然純くんの悲しそうな顔が浮かんだ。

『俺はつむぎが羨ましい』

いつも弱音を吐かない彼が、苦しい胸の内を私に明かした。

あれは純くんのSOSだ。

先生の手を優しくほどく。

「先生ごめん。純くんが困ってるの。私、行かなきゃ」

もう一度背中をさすってから、私は診察室を飛び出した。


夕張ARTクリニックを後にする。

『診察終わったよ　今から会いたい　すぐに行くから、いつもの公園に来て！』

メッセージを送って、急いで電車に乗りこんだ。

純くんは絶対に見てくれるはずだ。たとえ公園にいなくても、一時間でも二時間でも、彼が来るまでひたすら待っていればいい。

海浜幕張《かいひんまくはり》駅で降りて、走る。

午後三時、燦々《さんさん》と降り注ぐ太陽が肌に刺さり、高い湿度が容赦なく肺に重くのしかかる。それでも一刻も早く会いたかった。

この一週間、いや、幼い頃からずっと純くんには沢山の力を貰《もら》ってきた。それなのに私は、彼の心の声に気づけなかった。自分のことで振り回すばかりで、その好意に甘え続けていた。

なにがあったのだろう。それを知りたかった。

足がふらつき、息も切れ切れになったころ、ようやく公園が見えてきた。

遠くの赤いベンチに人影が見える。純くんだった。いてくれたことにホッとするが、その姿を見て胸が張り裂けそうになった。

米俵でも背負っているかのように背中を丸めてうつむいている姿は、十年前にここで見た彼の姿と同じだったたからだ。

「純くん！」

呼びかけに気づいて彼が顔をあげる。しかしその表情は苦しげで、見ているこちらまで辛くなった。

駆け寄って、純くんの前に立つ。

「よかった、……いてくれて」

「峰子先生、どうだったの？」

「妊娠してたよ。まだ血液検査の結果だけだけど、二週間くらいしたら赤ちゃんの袋が見えるんだって」

「そっか」と言って、純くんがまたうつむいた。その姿は、抜け殻みたいだった。

どんな言葉をかければいいのか分からない。純くんはしばらく地面を見つめていた。砂場で遊ぶ子供たちの声が、やけにうるさく耳に響いた。

「ねえ、なにがあったの？」

弱々しい微笑みが返ってきた。

「俺さ、体外受精で生まれた子供の方が幸せなんじゃないかって、最近思うようになったんだ」

「……どうして？」

「だって、そこまで辛い治療をしてまで子供が欲しいっていうのはさ、体外受精で生まれた子供は、みんなが望まれた命だってことだろ？」

純くんにしては、やけに回りくどくてやさぐれた物言いが引っかかった。

「困ってることがあったら言ってほしい」

私から目を逸《そ》らすように、純くんが砂場を見る。

夏休みに入り、親子連れの数が増えている。

深いため息のあと、純くんがボソボソと呟いた。

「この一週間、つむぎが奈緒さんを知ろうと色々努力する姿を見て、ちょっと羨ましくなった」

「……羨ましい？」

「つむぎは奈緒さんとの絆を信じて前を向こうとしているし、実際にその行動で、いろんな人との繋がりができてる」

結衣子さんや先生の顔が思い浮かんだ。たしかに、行動することによって、凍っていた時が溶けるように縁が繋がって、後ろ向きだった私の心も変わりつつある。

「もしかしたら、俺もそういうことをした方がいいんじゃないかって思ったんだ。なにかが変わるかもって期待した」

純くんが、かつて失った縁といえば一つしかない。

「……純くん、お母さんに連絡したの？」

十年前から凍っていた縁を、純くんは自分から溶かそうとしたのだろうか？

砂場を見つめたまま純くんが頷いた。しかしその瞳には涙が浮かんでいる。

「親父《おやじ》にアドレスを聞いて、三日前にメールをしてみたんだ」

涙が一粒、乾いた地面にポツリと落ちた。

「でも、返事がこない」

絶望が込められた声だった。

「多分忙しいだけだよ。もう少し待てば……」

首を振る。

「駄目だよ。きっと返事なんてこない」

純くんが十年前のあの日に戻っている。絶望の沼に沈んで、わんわん泣いていた少年の頃に。

彼を励ます言葉が欲しい。でも散々考えても、思い浮かぶのは陳腐な言葉だけだった。

「あきらめないで。……相手がどう思ってるかなんて、すぐに分からないんだから」

私だって、奈緒さんとあれだけ一緒に暮らしていたのに、ずっと親娘として生きてこられなかった。

「ナポリタンを作ってもらった日のことを覚えてる？」

「もちろんだよ」

「つむぎには言えてなかったんだけどさ」

純くんの言葉がますます重くなる。膝の上で組んだ拳に顎を乗せて前を向く姿は、押しつぶされそうな重力に抗《あらが》っているようにも見えた。

純くんが顔を上げ、ようやく視線が合った。別れたあの日の奈緒さんみたいに、その瞳は黒ずんでいた。

「あのとき、母親から言われたんだ。あんたなんて産まなければよかったって」

その声は震え、目が真っ赤に腫れていた。

「俺は望まれない子供だったんだ。だからつむぎが羨ましい。体外受精で、命になる前から生まれることを望まれて、しかも母親にずっと育てて貰って」

堰《せき》を切ったように、純くんが想いを吐露しだす。

だが、増えた言葉に反比例するかのように、彼がさらに小さくなっていくように見えた。

今なら、純くんの気持ちがわかる。

同じような境遇の人が、遠くに行ってしまいそうで辛いのだ。不安なのだ。

私たちは三十日月《みそか》で、満たされた月と共にいることが辛いことを知っている。だからお互いに寄り添ってきた。

体外受精で生まれたことを知った時、私は純くんの存在を直視できなくなった。純くんが眩しく思えて、私は自身が消えいりそうな錯覚を覚えて、彼を拒んでしまった。

いま、逆のことが起きている。

足りないもの同士だからこそ繋がっていた絆は、こんなことで簡単に切れてしまうのだ。このままでは純くんは私の前から消えてしまう。そしてどこかでまた、一人さまようのだろう。

そんなことは耐えられなかった。彼は私にとって大切な人で、どうしても幸せになって欲しい。

そう思ったとき、無意識に両手が動いた。

「純くん！」

「つ、つむぎ⁉」

縮こまった小さな背中を抱き寄せる。その先どうなるかなんてもう気にしない。いま、この瞬間、彼の辛さを受け止めてあげたい。そんな気持ちだった。

背中が硬直する。純くんは私の手を解こうとするが、そうはさせまいと私はさらに腕に力を込める。やがて彼の体から力が抜ける。

「ねえ純くん」

返事は返ってこない。それでもかまわず、彼の耳もとに口を添えた。伝えたい言葉がある。伝えなければならない言葉がある。

「私は純くんがいてくれてよかった。ずっと純くんの優しさに救われてきたんだよ」

穏やかな優しさには、いつも後から気づく。こんな辛さを抱えながら、それでも彼は私のことをずっと思ってくれていたのだ。

不器用な私は、後から感謝を伝えるしかできない。だったら、思っていること全てを言葉にしなければならない。きっとそれでも足りないんだから。

「生まれてきてくれてありがとう。純くんが生まれてきてくれて、私は嬉しい」

嗚咽し、震える肩をもう一度抱き寄せた。

純くんの手が遠慮がちに私の背中に回ってきた。私はさらに強く、純くんを抱きしめる。もう何年も、手すら触れていなかった。彼の背中は、肩は、想像したよりもたくましくて、でも耳元で嗚咽を漏らす様は、十年前と全然変わらなかった。

簡単なことだった。もっと早く想いを伝えるべきだった。

私が純くんとの間に感じていた距離も、壁も、私が勝手に作り出した幻想にすぎなかった。そんなもの、壊そうと思えばいつでも壊せた。

あなたが大切だと、ただ伝えればよかった。

みんな不器用なんだ。だから、伝えないと駄目なんだ。

純くんの頭を胸に抱えながら、頭に浮かんだのは奈緒さんのことだった。

「ねえ純くん」

嗚咽混じりに、彼が頷く。

「私、明日、奈緒さんに会いにいくよ」

勇気を奮い立たせるように、純くんの背中をもう一度ぎゅっと抱きしめる。

「だから、一緒に来てほしいの」

彼の手にも力が込められた。

「あたりまえだろ」

私たちの間を遮《さえぎ》っていた壁は、いつの間にかきれいに消え去っていた。


それから、緊張した心持ちでかけた病院への電話は拍子抜けするほどあっさり終わった。奈緒さんの担当医という男性医師から、『ああどうも娘さん、ご苦労さまです』と、まるで顔見知りのように言われ、明日の夕方に見舞いにいきたい旨を話しても、それくらいのことでわざわざ連絡は不要だと言わんばかりの物言いをされた。

一応ご本人には伝えておきますねと言われて電話が切れ、思ったより奈緒さんの体調が悪くなさそうなことにほっとした。

日が変わった月曜日、純くんの塾が終わってから病院に向かい、午後四時頃についた。

初めて足を踏み入れた精神科の専門病院は五階建ての建物で、奈緒さんの病室は二階にあり、大きな共同スペースや、談話室、それに様々な作業ができるような場所を備えていて、患者たちがシェアハウスのようにそれぞれの時間を過ごしていた。

ところが、ナースステーションで面会の旨を伝えて、共用スペースのソファーに座って待つも、いつまで経っても奈緒さんはやってこなかった。なにかあったのだろうかと心がざわめいたところで、青ざめた看護師が廊下から走ってきた。

「明日見さんが院内にいません！」

我が耳を疑った。しかし、彼女の後ろで沢山の人たちの足音がバタバタと忙《せわ》しなく響いている様子から、尋常ならざることが起こっていることが嫌でも分かった。

そのあとにやってきた担当医は、私の顔を見てギョッとした表情を見せたあと、慌てて事情を説明し始めた。

病状経過は問題なく、奈緒さんはもうすぐ退院できそうな状況だった。病棟でも自由な生活を送っていて、デイスペースで人と話していることも多かった。まさかこんなことになるとは思わなかった。

昨日電話で聞いたような軽妙な口調は一切なく、そのギャップが最悪の事態を予感させた。

奈緒さんは、今日私が来ることを知っていた。

つまり彼女は、私から逃げたのだ。

私が十日前の怒りの感情のままだと、信じて疑わなかったのだろう。それに耐えられなかったんだ。

どうしよう。

きっと奈緒さんは追い詰められている。もしかしたら、衝動的な行動に走ってしまう可能性だってある。

自ら死を選ぶという最悪なシナリオが、脳裏に浮かんだ。

絶対にないとは言い切れない。事実、奈緒さんは病院から失踪するほどの行動を起こしている。

全身から血の気が引いた。

「つむぎ！　手分けして奈緒さんを探そう」

純くんの声に意識が引き戻される。

「そうだね」

口の渇きで、喉が張り付くような感覚を覚えた。

私たちは病院を飛び出した。

奈緒さんの行動範囲はそれほど広くないはずだ。自宅と、働いている給食センターと、食事の買い出しに行く数軒のスーパーに、日用品を買うためのショッピングセンターくらいだろうから、しらみつぶしに探せば彼女を見つけられるはずだ。

ふと、アイアンアーチが頭に浮かんだ。

もしかしたらと思って結衣子さんの家に電話する。しばらく呼び出し音が鳴ってから結衣子さんが電話に出た。

「結衣子さん！」

尋常ではない声色だったのだろう、電話口から息を呑《の》む音がした。

『なにがあった？』

間髪を容《い》れずに声を張る。

「奈緒さんが病院からいなくなったの！　結衣子さんのところに行ってない？」

ガタリと、杖《つえ》が床に落ちる音が響く。

『なんで……』

その声色だけで理解する。奈緒さんは結衣子さんの家にもいない。

「わからないけど、これから奈緒さんを探すの！　結衣子さんも、思いあたるところがあったら教えて！」

『夕張のところに行ってから、そっちに向かう』

それだけ言って電話が切れた。

「つむぎ、はやくいこう！」

純くんに向かって頷いてから、強い日差しの下で私たちは駆け出した。

頭の中は奈緒さんでいっぱいだった。

たった十日だけでも、話したいことが沢山見つかったんだ。

絶対に早まったことをしちゃ駄目だよ。

脳裏で弱々しく微笑む彼女に、私は声をかけ続けた。

つむぎを授かったのは、私のエゴなんです。

＊＊＊

お城みたいな部屋の窓から見えるのはいつも、モノクロの景色だった。空も田んぼも車道も全てグレーのモノトーンで、境界すらあやふやな風景を見たところで、心など動くはずもなかった。

私の世界からは色が消えた。

記憶の中の景色はいつでも鮮やかな色で溢《あふ》れていて、元気だった頃の母が私に話しかけてくる。

「笑って。笑ってよ、奈緒」

日頃から私の笑った顔が大好きだと言ってくれていた母は、亡くなる間際まで私に笑顔を求めた。

底抜けに明るい人で、生まれたときから父親がいないことを一度もつらいと感じさせないくらい毎日が楽しくて、溢れんばかりの愛情を私に注いでくれた。でも、そんな大好きだった母はもういない。こんな世界を生きる意味などあるのかと思った。

中学生時代を過ごした家では、叔父への恐怖に怯《おび》え、死んだり生き返ったりを繰り返すばかりの日々を過ごし、左腕の傷が十本を数えたときには、お腹《なか》に命が宿っていた。死人同然の私が妊娠するなんてなにかの冗談かと思ったが、四六時中感じる吐き気は、異物の存在を嫌でも感じさせた。

警察に連れていかれた病院で三年ぶりに再会した明日見先生は、変わり果てた私の姿を見てボロボロと泣いていた。

すまない、すまなかったと何度も謝られた理由を知ったのは、お腹の子を堕ろした後のことだった。

母の胚移植は判断が難しいケースで、子供である私にリスクを負わせてまでやるべきではなかったと、懺悔するように言われた。

「赦《ゆる》して欲しいとは言いません。その代わり、あなたを引き取らせて下さい。もう辛い思いはさせないから」

頭を床に擦り付けながら言われたその言葉に、感情の示し方すら忘れていた私は、ただ笑顔を返すことしかできなかった。

当時、海浜幕張のマンションに住んでいた明日見先生は、私のために田舎《いなか》に一軒家を購入し、そこで血も繋がらない者同士の奇妙な共同生活が始まった。

空虚な日々だった。

中学を卒業したばかりの私は通信制高校に入学させられ、形だけの高校生活が始まった。日がな一日大きな家でぼーっと過ごし、窓の外に広がる景色をぼんやり眺める。明日見先生は朝早くに仕事に出て、帰ってくる頃にはすっかり日が暮れていた。

私たちが一緒に過ごすのは、食事の時だけだった。

大きなテーブルに並ぶのは決まってスーパーの惣菜《そうざい》で、特に弾む会話もなく、だだっ広い空間の中、二人きりで向き合いながら食べていた。

ときおり母が作ってくれた料理が脳裏によぎり、涙が溢れることがあった。母の料理はどれも美味しく、特に肉じゃがが大好きだった。甘い人参に、しっとりとしたじゃがいも、牛肉の脂がほどよいアクセントになっていて、何日経っても美味しく食べられた。

泣きながらベチャベチャのじゃがいもを突《つつ》く私の姿を見て、明日見先生は辛そうに眉を歪めていた。慌てて笑顔で取り繕うが、そんな私の顔を見て、先生の顔はさらに悲しそうな表情へと変わる。

いつしか私は、笑顔が下手な子になっていたらしい。でも、笑う以外の感情表現がわからなかった。

毎日が淡々と過ぎていく。

前の家の地獄のような状況からは脱したが、大きな家に引きこもり、生きる理由すら見つけられない私には、相変わらず色彩のない凍ったような時間が流れていった。

越してきて半年くらい経ったある日、突然叔父の記憶がフラッシュバックした。ゴツゴツした指に胸をまさぐられる感覚に、全身が硬直する。その手が、息遣いが、滾《たぎ》った男性器が、私の脳内を食い散らかしていった。

パニックになった私は、叫び声を上げながらリビングに駆け降りた。

一目散にキッチンへと向かい、ペティナイフを摑み取る。何事かと降りてきた明日見先生が、「やめなさい」と私の腕に摑みかかったが、それを振り解《ほど》いて、左腕に十一本目の傷を刻み込んだ。無我夢中だった。

だが、流れてくる血液にすら色は無く、いつまで経っても痛みを感じなかった。以前は、血を見れば痛みを思い出し、生きていることを確認できたのに、とうとう私は、自らを傷つけても生を感じることができなくなっていた。明日見先生は私の背中を抱き、泣きながら何度も何度も謝っていた。

先生があびるように酒を飲むようになったのは、その頃からだった。

部屋のベッドに座っていると、吹き抜けからグラスを置く音が聞こえてくる。時にすり泣くような声が混じり、段々とその声は嗚咽に変わっていった。

やがて、夜のほとんどの時間をダイニングテーブルで過ごすようになり、それと共に酒の量もどんどん増えていき、ウイスキー瓶がわずか数日で空になるようになった。

明日見先生と一緒に暮らしたのは、三年間だった。長いのか短いのか分からない。家族になんてなりようもなく、抜け殻になった私に倣うみたいに、先生の生活も荒《すさ》んでいった。

忘れた頃に叔父がやってくる。

そのたび私は蹂躙《じゅうりん》され、生き返ることなどできないと知りつつも腕に傷をつける。その姿を見て、明日見先生の酒量がさらに増えていく。悪循環だった。

私は叔父から逃げられない。

左腕の傷が十四本を数えたとき、背中を抱く明日見先生に、とうとう訴えた。

――死にたい。お願いだから死なせて下さい。

それを聞いた先生は、「頼むからそんなことは言わないでくれ」と、号泣した。

でももう限界だった。大好きだった母はいない。この世に私と繋がっている人間なんて一人もいない。孤独だった。どうせ死んだような時間を過ごすのであれば、いま命を終えたってなにも変わらないじゃないか。

そう訴えると、明日見先生は、私を引き取ると言ったときのように、嗚咽しながら懺悔の言葉を繰り返した。

ようやく死ねるのかな。

ぼんやりとそんなことを考えていたとき、耳元で呟かれた。

「由美さんの胚がまだ残っている」

突然出てきた母の名に、全身を貫かれたような衝撃を覚えた。

私の人生が鮮やかに彩られていた頃の記憶が蘇《よみがえ》る。

「あなたはまだ孤独じゃない。……孤独じゃないから」

記憶の中の母が呼びかけてきた気がした。

――笑って。笑ってよ、奈緒。

久しぶりに電車に乗った。

明日見先生はずっと無言で、隣に立った私は他の乗客を視界に入れることもできず、ただ車窓から遠くを見つめていた。灰色の田園風景が流れていく。目的地が近づくにつれ、住宅地が増えていった。

開院前のスタッフがいない時間に、母が残した胚を見にいく。それは、泥沼みたいな心の中で、たった一つだけ見えた、小さくて儚《はかな》い光だった。

先生の告白が本当かは分からない。見たところで救われるとも思えない。だが、たとえ死ぬとしても、最後に母との繋がりを感じてから死にたい。そんな気持ちだった。

千葉駅は人でごった返しており、男性とすれ違うたびに心臓が破裂しそうになるのを必死に堪えた。

雑居ビルの前で、「由美さんはここで奈緒を授かったんだ」と言ってから、明日見先生は階段へと消えていった。母の軌跡がそこに残っているような気がして、私は小走りで急な階段を駆け上った。

医療用ガウンに着替えてから案内されたのは、研究室のような部屋だった。水槽みたいなガラスの箱と、沢山の機械と顕微鏡が並んでいる。明日見先生が静かに説明を始めた。

「二十年前、由美さんは広道さんとの胚を作った」

先生の手には古いカルテがある。付箋がついたページを開くと、二枚の写真が貼られていた。いずれも似たような形状で、丸い膜の中に均等な大きさの円が八つ収まっている。

「分割胚という状態で、その状態の良さは、割球の均等性や不純物の量によって評価される。そこに貼ってある二つの胚は成長も良好で、両方とも凍結保存をすることになったんだ」

カルテには、母が妊娠に臨んだ記録が詳細に記されていた。それを見て体が震えた。母は、確かに私という命を欲していた。

「由美さんが胚移植を願い出たとき、どちらの胚を使うのかを悩んだ。両方とも同じくらい良好な胚だったからね」

明日見先生の眉が歪む。

「最終的に選んだのが左側の胚で、生まれたのが、奈緒だった」

「それじゃあ右側の胚が……」

「残っている胚だ」

大きなため息をついてから、言葉を続けた。

「広道さんが亡くなっているから、本来、残存胚は廃棄しなければならないが、そんなことは絶対にしないでくれと由美さんに頼まれた。もう二度と彼との胚を造ることはできないから、と。すでにグレーゾーンな治療に手を染めてしまった私は、彼女の頼みを断ることができなかった」

言い訳をしているのか、それとも後悔しているのか、その口調からは分からなかった。だけど、それよりも心を占めていたのは、焦燥だった。

はやく会いたい。

心の奥に生まれた衝動は、あっという間に大きくなる。

「もう一つの胚はどこに？」

明日見先生が、テーブルの下に並んだ牛乳タンクのような入れ物を探り、ひと回り小さな容器を取り出して差し出した。

「このタンクの中だ」

奇妙な形状の容器に引き寄せられるように、私は膝を折った。

「液体窒素が満たされていて、その中に二十年前に由美さんが造った胚が保存されている。私がこのサブタンクに移して、ずっと保管していたんだ」

母が造った命のかけらがこの世に残っている。高さ五十センチほどの容器の中に、眩《まばゆ》い光が凝縮しているように思えた。

「触ってもいいんですか？」

「蓋を開けなければ大丈夫だ」

震える手をタンクの表面に添える。金属特有のひんやりとした感触が伝わってきた。薄い金属を隔てた先に、母が残した命の源が眠っている。

そう思った瞬間、視界に鮮やかな色が戻った。

一部塗装が剝げた白のタンクと、緑の床材の境界がはっきりと見える。心臓が強く拍動し、自身が取り込んだ酸素が体の隅々にまで行き渡っていくような感覚を覚える。

私は生きている。母が残してくれたその胚が、そのことを思い出させてくれた。

涙が溢れてきた。冷たいタンクに抱きついて声を上げる。泣き方すら思い出せず、無機質な部屋に、悲鳴とも嗚咽とも言えない奇妙な声が響き続けた。

明日見先生から、「そろそろ他のスタッフが来るから」と言われるまで、私はずっとタンクを抱きしめていた。

それから、母の残した胚との逢瀬《おうせ》の日々が続いた。

相変わらず混んでいる電車では車窓に張り付き、色鮮やかな田園風景を左から右へと追っていく。住宅地が増えていくにつれ、母が残してくれた命のかけらに会える高揚と、ますます増える乗客に対する緊張でパニック発作を起こしそうになるのを堪えながら、千葉駅到着のアナウンスを待つ。

雑居ビルに向かう足取りは軽く、二階への階段を駆け上って、すぐに着替えて明日見先生に培養室の扉を開けてもらう。

凍結胚保存タンクをテーブルから引っ張り出して、両膝を抱えてしゃがんで目線を合わせる。

そして、今日も来ましたよと、胚に話しかけるのだ。

当然のことだが、返事など返ってこない。

－196℃の凍った世界に留《とど》められた胚には命の定義はなく、生きる権利すら保障されていない。しかし私にとって、金属を隔てた先にある見えもしない胚は、間違いなく命そのものだった。

おかしいだろうか?

この日私は、胚に名前をつけた。

つむぎ。

男の子でも女の子でも通じる素敵な名前。死んでもいいと思っていた私をこの世につなぎ止めてくれて、母との関係をつむいでくれた大切な存在。だから、つむぎ。

——名前は気に入ってくれた?

やはり答えなど返ってこなかった。

誰に聞いてもおかしいと笑われるだろう。命ですらない存在に名前をつけて愛《め》でるなんて、人形に名前をつける幼子となんら変わらない。単なる自己満足で、現実逃避しているだけだと言われるのが関の山だ。

でも、名前をつけたことで、母が残したこの胚は私にとってさらに代え難い存在へと昇華した。

語りかける言葉が止まらなかった。

寒いね。そっちはどう?　いや－196℃じゃ、寒いどころじゃないか、馬鹿だね私は。あなたは、そこでどんなことを考えているの?　狭い?　冷たい世界で、二十年も閉じ込められているのは辛いよね。そろそろ外に出たいのかな?　でも私が生きている世界も、お母さんが亡くなってからいいことなんてなかったから、外の世界が一概に良いなんて、とてもじゃないけど言えないな。

あなたがそこでずっと凍ったままでいた時間、私には本当にいろんなことがあった。でも、十九年前に選ばれたのが私でよかった。つくづくそう思う。あんな辛い人生をつむぎに送って欲しくなかったから。だから私でよかった。

私たちは同じような存在だったはずなのに、お互いこんな人生を送っているなんて、なんだか不思議だね。

生きているけど辛い人生、まだなにも始まっていない人生。一体どっちの方がよかったんだろうね。

人生って、うまくいかないものだね。

……あ。もしお母さんが病気にならなかったら、……もしもの話だよ。私たちは姉弟《きょうだい》か姉妹になれた可能性もあったんじゃないのかな？　それって想像するだけでも素敵じゃない？

ねえ、つむぎはどう思う？

いくら言葉を投げても、返ってくる言葉はない。

培養室の壁に、やけに興奮した私の声だけが反響する。

それを不意に寂しく感じてしまったのは、死の淵《ふち》からようやく抜け出すことができた私に芽生えた、欲だったのかもしれない。

――もしも、つむぎに直接会えたなら。

すぐに首を振る。そんなことはできようもない。つむぎはこの先もずっと液体窒素の中にいて、私はその存在だけを支えに人生を生きていくしかない。

また明日も来るねと声をかけて、電車に乗って帰路についた。

爆発しそうな気持ちを必死に堪えながら、一秒でも早く明日になったらいいなと願った。明日を迎えることをこんなにも焦がれる日が来るなんて、思ってもいなかった。

つむぎに会いたいという気持ちは、あっという間に大きくなってしまった。長い間感情を失っていた私は、久しぶりに自らの心の中に生まれた欲望を制御する術《すべ》を知らなかった。

つむぎに会いたい。直接触れてみたい。

一度でも外に出てしまえば、雪のように淡く消えてしまうことくらいわかっていた。

でも想像せずにはいられなかった。

もしもあなたがこの世に生を享《う》けたのなら、一緒に笑ってみたい、泣いてみたい、歩いてみたい、ご飯を食べて、夢を語って、たまに喧嘩《けんか》をして、仲直りして……。

渇望が心を埋め尽くしていく。

私は、つむぎと共に残りの人生を生きてゆきたい。

いつしか私は、タンクを見るたびに涙を流すようになっていた。

この世に神様はいない。そんなことは散々思い知らされてきた。

でも、神に頼まずとも、つむぎをこの世に迎えることができる方法が一つだけあった。人間が作り出した、神の力をも凌《しの》ぎかねない技術。

凍結・融解胚移植。


はじめてつむぎの存在を知ってから一ヶ月が経ち、私はとうとう明日見先生に願い出た。

――つむぎを私に移植してください。

明日見先生の瞳がみるみる黒ずんでいったのを覚えている。彼女は私を直視することなく、ウイスキーの酒瓶を抱えたまま呟いた。

「私にこれ以上、咎《とが》を背負わせないでくれ」

簡単に引き下がるわけにはいかなかった。つむぎは、私に残された唯一の希望の光だったから。一緒に人生を歩んでいきたいと願ってしまったから。モノクロだった私の世界に色を取り戻してくれたつむぎを、この世界に迎えてあげたかった。

明日見先生は、胚移植をする危険性を切々と説いた。

二十年も前の凍結胚を移植する安全性は確立されていない。当時の培養技術からすれば、融解してもうまくいかない確率の方がよほど高い。もしも妊娠したとしても、その先きちんと育たない可能性だってある。奈緒はそれに耐えられるのか？

でも、どんな言葉も耳に入ってこなかった。

「私の人生の責任を取ってください。私は家族が欲しい」

私が訴えた涙ながらの言葉に、明日見先生は言葉を失った。

椅子から崩れ落ちた明日見先生が、茫然《ぼうぜん》とした様子で床に目を落としていた。その小さな背中に向かって言葉を投げる。

「その代わり、私は金輪際先生の前に現れません。つむぎの移植さえしてくれれば、その結果はどうあれ、私はあなたを赦します。あなたの前から、未来永劫《えいごう》姿を消しますから」

ぼろぼろと涙を流していた明日見先生は、項垂《うなだ》れたように小さく頷いた。


その日が待ち遠しかった。

排卵を確認した三日後、つむぎの胚移植は、誰もいない真夜中の明日見医院で行われた。最小限の明かりだけつけられた薄暗い部屋は、三年前にお腹の子を堕ろしたのと同じ場所で、これから禁呪を唱えるかのような、重苦しい空気が漂っていた。

内診台が上がる。明日見先生が丁重な扱いで持ってきた小さな皿には、ピンク色の培養液が満たされていた。

そこには、二十年ぶりに液体窒素の中から外の世界に戻されたつむぎがいた。

母が残してくれた命。本来なら同じ時を過ごすはずだった私の小さな家族。

つむぎを見て、胸に熱いものが込み上げた。

超音波画面に子宮が映っている。鈍い痛みと共に、ガイドカテーテルが私の臓器に入っていき、いよいよつむぎが移植される。

一度きりの挑戦、しかも相当分《ぶ》が悪い賭けだ。

この世にいやしないと思っていた神様に願いを捧げる。

どうかつむぎを、私に授けて下さい。


明日見先生と会ったのは、この日が最後だった。

三週間後、紹介状を握りしめて受診した笹井医院で妊娠の成否に臨み、私はついにこの目で確かめることができた。

つむぎの心拍。

胚移植の時には超音波で確認すらできないくらい小さかったつむぎは、一センチにも満たない大きさにもかかわらず、見事な拍動を私に見せてくれた。

授かった。二十年間も氷の世界に閉じ込められてきたつむぎの時間が、ついに進み始めたのだ。

天にも舞い上がりそうなほどの喜びだった。

つむぎに会える。一緒に生きていける。


忘れ形見のように明日見先生から譲り受けた海浜幕張のマンションで、私は預金通帳を眺めていた。

どうしよう。これからどうすればいい。

当面の生活費は先生から振り込まれていたが、まずは仕事を探さなくてはいけない。私がつむぎを養わなければならない。

どんな仕事がいい？

叔母にされた仕打ちを思い出せば、つむぎにひもじい思いをさせたくはなかった。飲食関係にしよう。高卒資格はある。実務経験を積んで、取れる資格を片っ端からとって、ひとり親でもご飯に困らない環境だけは作ってあげたい。

つむぎのことで頭がいっぱいだった。

私の人生を無茶苦茶にした叔父がやってくるような心の隙間はひとつもなく、明るい未来に向かって計画を立てる。誰かのためを思って行動するのがこんなにも楽しいことだと、私は知らなかった。

目に映る世界の全てが、煌《きら》めいて見えた。

妊娠五ヶ月になる頃には胎動を感じ、いよいよつむぎをこの世界に迎え入れるときが近づいているのだと高揚した。つむぎがタンクの中にいた頃にそうしていたように、毎日お腹に向かって語りかける。今度はつむぎが返事を返してくれる。それが、言葉にならないくらい嬉しかった。

しかし、私の心の中に、喜びと比例するように大きくなっていたのは不安だった。

人生の全てを投げ打ってでもつむぎが欲しいと明日見先生に訴えたはずなのに、長い妊娠期間を過ごす中で、本当にこの子をきちんと育てられるのかと自問自答する日々が多くなった。

私は、つむぎの母としての役割を全うできるだろうか？

私は父親を知らない。大好きだった母に近づけるとも思えない。恋愛もしたことがない。降りかかる問題を解決することもできず逃げ続けた挙句、自分を傷つけるようになった。一度、自らの子宮に宿った子をも殺した。

そんな私に、母になる資格などあるのだろうか？

つむぎの人生は何十年と続く。他の家庭と比べて不足なく、いや、それより華々しく飾ってあげないといけない。

でも、そんなこと、できる気がしなかった。

成長するにつれ、つむぎは自身の境遇を疑問に思うはずだ。きっとそのとき、私に訊いてくるだろう。お父さんはどこ？　どうやって知り合って、私はどんな風に生まれたの？周囲の家庭との違いにも悩むはずだ。彼女を納得させられるだけの向き合い方が、私にはできない。

出産が近づくにつれ、不安は喜びを追い越し、気づけば爆発しそうなほど大きくなっていった。

どうしようもなくなり刃物を左腕にあてる。だが、刃を引こうとする手が止まった。

つむぎが生まれた後も、私はこんな姿を見せつけるのか？

私のエゴでつむぎを授かったのに、彼女を幸せにしてあげる光景が見えてこない。悲しかった。悔しかった。情けなかった。

満期に入った頃、とうとう耐えきれないほどの不安に襲われた私は、明日見先生を頼ってしまった。これ以上の咎を背負わせないからと誓ったのに、彼女の他に頼れるアテがなかった。

パニック発作が起こるのを寸前で堪えながら、電話をした。

明日見先生の声は淀《よど》んでいて、いまだに酒を飲んでいることを思わせた。

不安を吐露する。

「つむぎと会えるのは楽しみだけど、それ以上に不安が大きいんです。不甲斐《ふがい》ない私が母としてつむぎを育てたら、きっと彼女が不幸になってしまう。私はどうすればいいですか？」

つむぎがお腹を蹴ってくる。

ごめんねと呟きながらそれをさする。

しばらくしてから、重苦しい声が返ってきた。

「一つだけ……、方法がある」

「教えて下さい。どんなことでもいいですから」

「義母だと言えばいい」

「え?」

「はじめから母親ではなかったことにすればいい」

「つむぎに……嘘をつけと?」

「嘘ではない。遺伝子上の母親は由美さんなんだ。奈緒がつむぎの真の母親ではないことは、嘘でもあり、真実でもある」

「……でも」

「奈緒の心の負担を軽くするためだ。ゆくゆくはそれが、つむぎのためにもなる。これは逃げじゃない。合理的な対応だ」


つむぎのためになる。その言葉が頭の中で何度も反響した。

しばらく考え込んだ私は、わかりましたと言って電話を切った。

お腹に手が伸び、無意識にさすりつづける。

つむぎの胎動を感じながら決意した。


私はつむぎの義母になる。

つむぎの両親は交通事故で亡くなり、縁遠い私が引き取った。マンションは両親が残してくれたもので、私たちには他に血が繋がった家族もいない。

嘘と真実が入り混じったその呪文を、つむぎが生まれてくるその時まで、毎日唱え続けた。

ついに生まれたつむぎは、珠《たま》のようにかわいい女の子だった。

力強く泣く姿に圧倒され、タンク越しでしか会えなかったつむぎが愛《いと》おしくてたまらなくて、抱きしめると温かかった。

なにがあってもこの子を守ろうと、固く誓った。

この子の記憶がはっきりとするまでは、私は母でいられる。

生まれて初めての子育ては困難の連続だったが、毎日のように成長が見えるつむぎを見ていて、辛さよりも喜びの方がよほど大きかった。

「つむぎちゃん」と話しかけると、いつも宝石のような笑顔を返してくれた。私はその笑顔が大好きだった。

夢中になるものがある日々というのはあっという間に過ぎることを、この歳《とし》になってからようやく知った。

あっという間に四年の月日が過ぎた。

小学校に上がる二年前に、一緒にお風呂に入っていたときに左腕の傷について訊かれた。

ここまでだと思った。成長著しいつむぎは、これから沢山のことを覚え、自ら考えていくようになる。

私はもう、つむぎの母ではいられない。その日から私は、義母として彼女に接することにした。

互いの距離感を保ち、過剰なスキンシップを避け、成長を見守るだけの存在になる。そうすればきっと、つむぎはこんな私に期待しなくなるだろうし、頼ることもなくなるに違いない。

ごめんなさい。

私ではつむぎの悩みに寄り添うことなんてできない。もし私が壊れてしまっては、彼女を助けてくれる存在がいなくなるから。私みたいに、ロクでもない家庭につむぎの人生を壊されるなんて耐えられない。だから、たとえ悩みに寄り添えなくても、つむぎは絶対に私が育てるんだ。

案の定、つむぎにとって、私はあまりに頼りない存在だった。

他の家族と付き合うことが怖かった私は、つむぎを夜の砂場にしか連れていけず、どうしても行ってみたいと毎年訴えていた夏祭りに一大決心して参加すれば、着いた途端にパニック発作を起こして倒れてしまう。私は、歩いてたった数分の距離にある公園という世界すら、つむぎに満足に見せてあげることができなかった。

友達が泣いているから助けてほしいと頼ってくれた時も、私は緊張で味がぶれた下手くそなナポリタンを作ってあげることしかできなかった。

それから、つむぎはどんどん自立していった。申し訳なかったが、仮に母としての役割を期待され、あれもこれも寄り添い頼られていたとしたら、私の心はすぐに限界を迎えていただろう。

明日見先生は、そこまで見越していたのだ。

でも、そんな生活の中でも、私の心を支えてくれたのはいつだってつむぎだった。

毎日立つキッチンから、つむぎの姿が見える。

それだけで私は勇気を貰えた。私が作った料理を残さず食べてくれる。それが至上の喜びだった。

つむぎを授かった頃の思い出は、全て私の部屋にしまってある。沢山の気持ちを綴《つづ》った母子手帳、生まれたばかりの写真、毎日のように変化が見える成長を記した日記。

どんな辛いことがあっても、部屋に残した煌めくような宝物を見れば、私はいつでも立ち直ることができる。

だからそれで十分だ。

そう思って私は、幸せなキッチンに立ち続けた。

つむぎが大人になろうとしている。もうすぐ成人を迎え、高校卒業という大きな節目も迫っていた。

義母の私とつむぎの間を結ぶ糸は、細くて儚い。きっと彼女は、高校卒業と共にこの家を巣立っていくだろう。家族としての深い絆を作ることを自ら避けてきたのだから、それは仕方がない。

私はつむぎの意志を受け入れなくてはならない。あなたの人生を引き止める権利は、私にはないのだから。

どこかで健やかに生きてくれさえすればいい。会えなくてもいい。ときおり、思い出したように連絡をくれたらそれで十分だ。

そんなとき、私に病気が見つかった。

つむぎの人生の大事な時期にこんなものが見つかるなんて、ほとほと私は迷惑をかけてばかりだと、自己嫌悪に陥った。

手術を強く勧められたが、つむぎの大切な時期をそんなことで奪うわけにはいかなかった。今は手術なんてできないと、頑《かたく》なに断った。

病気の告知をされた日、つむぎはばっさりと髪を切って帰ってきた。強い意志が浮かぶその姿は、大好きで憧れていた母のようで素敵だった。それと同時に、彼女は自らの意思で羽ばたこうとしているんだなと思い、ふと寂しくなった。でも、こんなにも立派に成長したつむぎを、私は笑顔で送ってあげなくてはならない。私は彼女に笑顔を向けた。

しかし情けないことに、私は結局つむぎの足を引っ張ってしまった。出血過多が祟《たた》り、倒れて病院に搬送されてしまった。あろうことか最悪なタイミングで。

全てバレてしまった。私がつむぎを産んだこと、ずっと嘘をつき続けていたこと。

病室に飛び込んできたつむぎの顔には見たこともない怒りが浮かんでいて、嘘つきと非難された。

ああ、終わってしまった。そう思った。

これでつむぎとの縁が切れてしまう。二十年前、せっかくあなたが紡いでくれた命の繋がりを失ってしまう。きっと私は、未来永劫つむぎに振り向かれることはないだろう。

自業自得だと思った。それも受け入れようと思った。

でも、それでも私はつむぎに会いたかった。

＊＊＊

「つむぎさんは大丈夫です」

フルートみたいに澄んだ高い声に、私は顔を上げた。

「彼女はきっと、お母さまを受け入れてくれますよ」

目の前の席に、瞳を真っ赤に腫らした女性が微笑んでいる。

佐伯峰子、私と同じ歳くらいの彼女は、つむぎのクラスの担任だ。ファミレスの向かいの席に座った彼女は、私のこの長い告白を静かに聞いてくれた。

彼女との出会いは一週間ほど前にさかのぼる。

つむぎから怒りをぶつけられたことでパニック発作を起こし、現在の病院へ転院させられた翌日、彼女が突然面会に訪れた。

つむぎの担任であることを告げた彼女は、

『お母さまのことは、つむぎさんから伺っています』と言った。

事態が分からず硬直した私の耳元で、彼女が呟いた。

『実は私も、凍結胚移植をしたんです』

強張った体から力が抜ける。なぜこの人がそんなことを知っているのだろう。

『お母さまはなにも話さなくても結構ですので、私の話を聞いて頂けませんか？』

そう前置きしてから、彼女は自身の境遇を話してくれた。

中々子供ができず、明日見医院から引き継いだ夕張ＡＲＴクリニックで治療を受けていること。五回胚移植に挑戦しても駄目で、六回目を最後にしようと思っていたこと。そして今日、つむぎが最後の胚移植に寄り添ってくれたこと。

驚きのまま、その話を聞いた。話を終えると、

『つむぎさんには、お母さまに会ったことを伝えないでおきますから、安心してください』と言い残して、彼女は病室を後にした。

そして、翌日も彼女が面会に来た。

今度は、学校でのつむぎの様子を話してくれた。

次の日も、その次の日も、彼女は私に会いに来てくれた。

この人は信頼できる人だと思った。なにより、つむぎを温かい眼差《まなざ》しで見てくれることが嬉しかった。

やがて私は、今まで誰にも話すことができなかった自分の過去を、彼女に少しずつ話すようになった。

私の告白を、彼女は優しく受け止めてくれた。過去を吐き出すたびに心は軽くなり、病状は回復へと向かっていった。

いずれ心の整理を終えたなら、つむぎに会う勇気も出てくるかもしれない。そう思っていた矢先の昨日、つむぎが見舞いに訪れようとしていることを、担当医から告げられた。狼狽《ろうばい》した。まだつむぎに会う自信がない。会って何を話せばいいのか分からない。

つむぎが見舞いに来てくれるという今日の昼過ぎ、私は耐えきれず病院を抜け出してしまった。道中を歩く人にぶつかり、パニックになりそうになりながら、私は佐伯先生を頼って電話した。彼女はすぐに来てくれて、そのままファミレスに駆け込んだ。

相変わらずオロオロしていた私に、彼女は言った。

『お母さまとつむぎさんの間になにがあったのか、差し支えなければ全部教えて頂けませんか？』

私は、つむぎを授かった過去を、ずっと隠してきた真実を、全て告白した。そして、

「つむぎさんは大丈夫です」

もう一度同じ言葉をかけられて、目頭が熱くなる。佐伯先生が柔らかく笑った。

「つむぎさんはとっても優しい生徒です。繊細で、注意深くて、人が気づかないようなところにも気を配ることができる。けれど、相手のことを考えすぎてしまって、少し引っ込み思案になってしまうところがあるんです。でもそれも、優しくて共感する力を持っていることの裏返しなんですよ」

ポロポロと涙がこぼれては、テーブルに水滴をつけていく。

「お母さまが育ててこられたつむぎさんは、とても素敵な女性ですよ。だから、きっとお

母さまを受け入れてくれます」

まるで自分が誉《ほ》められたかのように嬉しくなる。私は母親らしいことをつむぎにしてあげられなかった。それなのにあんなに立派に育った彼女を誇らしく思う。

そんなつむぎに辛い思いをさせてしまったのは、私だ。

「本当に大丈夫でしょうか。情けない話ですが、嘘をつき続けてきた私は、つむぎに会ったときにかける言葉すら見つけられていないんです……」

まだ勇気が出ない。

佐伯先生がうつむいて、自身の腹部に触れた。つむぎが見届けた彼女の胚移植は見事に成功し、経過が良ければ、二週間後には小さな赤ちゃんの袋が見える。

「正直、私にはまだ母親の気持ちというものが、きちんと想像できるわけではないんですけど」

そう前置きしてから彼女は顔を上げた。そばかすが散った彼女の顔には、すでに大いなる母性が浮かんでいる。

「つむぎさんについてあれだけ沢山の思い出をお話しになっていたんです。会ったときに、言葉は自然と溢れてくるはずです」

小さい頃から間近に見てきたつむぎの思い出が、次々と脳裏を駆け巡っていく。

宝石のような笑顔を私にくれたつむぎ。

会いたい。その気持ちが不安をかき消していく。

「その言葉を隠さずに伝えてください。きっとそれでいいんだと思います」

つむぎに会いたい。

いてもたってもいられなくなり、腰が浮いた。

「失礼してもいいでしょうか」

「もちろんです。行ってらっしゃい」

美しい声に背中を押され、私はその場から駆け出した。

4

……奈緒《なお》さん。奈緒さん。奈緒さん！

絶対に変なことを考えちゃだめだよ。

私たちはまだやり直せるんだから。

私はまだ、奈緒さんにごめんなさいを言ってない。

私はまだ、ありがとうすら伝えていない。

ねえ奈緒さん、知ってる？　みんな意外と不器用なんだよ。

だから話したほうがいい。わがままでも、後ろめたくても、いっとき喧嘩《けんか》して悲しくなっても、それでも話さないより、よほどいいんだから。

「奈緒さん！」

どれくらい走っただろう。肺が張り裂けそうだった。夕方になっても空気は蒸していて、体に熱気がまとわりついていた。

自宅のマンション、結衣子《ゆいこ》さんの家、夕張《ゆうばり》ARTクリニック、スーパーにショッピングモールに給食センター。純《じゅん》くんと結衣子さんと三人で探したが、奈緒さんは未《いま》だ見つからなかった。すでに汗だくになった衣服が、肌に張り付いている。

「つむぎ」

後ろから、息も絶え絶えの結衣子さんの嗄《か》れた声が聞こえる。こっちに来てから、彼女はずっと一緒に奈緒さんを探している。足の悪い結衣子さんは、もう限界のはずだ。

「結衣子さん、家で休んでて」

ふらつきながら、結衣子さんが首を振った。

「私も奈緒を探す。……あの子になにかあったら」

瞳には不安が浮かんでいる。結衣子さんは、心から奈緒さんを心配しているんだ。その気持ちは、はじめは罪悪感からだったのかもしれない。けれど、何十年経《た》った今でも奈緒さんのことを想《おも》い、尊重し、心配する姿は、どう見ても母親の姿そのものだった。

血の繫《つな》がりなんて関係ないのだ。

「じゃあもうちょっと頑張ろう。絶対に奈緒さんを見つけよう。結衣子さんは奈緒さんと会わないと駄目なんだから」

自らを励ますように声をかける。

奈緒さん。結衣子さんも心配してるんだよと、空に向かって声をかける。一人きりで背中を丸めながら彷徨《さまよ》う奈緒さんの姿がふと頭に浮かび、胸が張り裂けそうに痛くなる。

すると突然、スマホが音を立てた。別の場所を捜索している純くんからだった。

急いで電話に出る。

「純くん！　そっちはどう？」

呼吸を整える声が電話口から聞こえてくる。

『見つからない。病院にも電話したけれど、戻ってないみたいだ』

焦燥に胸が押しつぶされそうになる。

『でも、それっぽい人を見かけたという人がいた』

「それっぽい人って……」

奈緒さんの姿は特徴的だ。見かけた女性は、奈緒さんの可能性が高い。

「どこに？」

『公園だって』

泣いている純くんを助けてくれた、あの公園だ。

純くんとの大切な絆《きずな》をつむいでくれたのは、間違いなく奈緒さんだ。他人と関わるのがあれだけ不得意なのに、彼女は駆けつけてくれた。

思い返せば、奈緒さんにきちんとお礼を言っていなかった。あの時、困っていたところを救ってくれて、私に大切な友人を作ってくれたのに。

『つむぎ！』

鋭い声にハッとする。そうだった。今は感傷に浸っている場合ではない。

「行ってみる！」

『俺もそっちに向かうよ』

電話が切れた。

結衣子さんに公園の位置を伝えて、その場から駆け出した。

木漏れ日に照らされたアスファルトをひたすら走った。光と影のコントラストは、風にそよいだ葉によってゆらめいていて、近づいたり離れたりしている。一瞬だけ重なった光と影は、所々グレーを作り出していた。その曖昧な色は、間違いなく世界を彩るかけがえのないピースの一つだった。

私は、勝手に世界を狭めていた。

世の中には光と影しか存在しないと思っていた。だけど実際には、世界には様々な色が溢《あふ》れ、それぞれがゆらめき、繋がり、ときに境界がぼやけて、名もない色を作り出している。

私は、色を決めることばかりに夢中になって、それから外れた自分を悲観し、未来を諦めていた。

血が繋がっていようと、繋がっていまいと、そんなことはさして問題ではないと気づくのに、十八年もかかってしまった。

今からでも奈緒さんのことを知りたい。寄り添いたい。

彼女がなにを思って、私という命を望んでくれたのか。私は、それに応えることができたのか。どんな真実であってもいい。私はそれを知りたいと思うし、知ったところで私は変わらない。

霞《かす》んだ視界の先に、小さな公園が見えてきた。

肺が張り裂けそうになる。途絶えそうになる呼吸を必死につなぎながら、砂地を進んでいくと幽霊みたいな人影が見えた。

奈緒さんがいた。

公園のど真ん中で、か細い体を曲げ、膝に手をついて辛《つら》そうな呼吸を繰り返している。

パニック発作を起こしているのだろうか？

「奈緒さん！」

私の声に反応した奈緒さんが顔を上げる。長い髪が、汗だくの額に、頬にへばりついている。

「奈緒さん！」

一心不乱に駆け寄りながら、もう一度名前を呼びかける。

もう逃げないで。そんな願いを声に込めた。

奈緒さんが乱れた髪をかきあげた。表情があらわになる。

その表情を見て、私は思わず立ち止まった。

息を呑《の》むような純真無垢《むく》な笑顔だったから。

見たこともないような彼女の笑顔を見て、私は言葉を失った。

「……つむぎちゃん」

か細い声が耳に響く。ふらふらになった奈緒さんが近づいてきた。

どうしよう、なんて言えばいいんだろう。

頭の中はパニックだった。奈緒さんを探すことに必死になって、なにも言葉を用意していなかった。

ばか！　心配させないでよ。

なんで嘘《うそ》をついてたの？　もっと早く言ってくれればよかったのに。十八年間も黙っていたなんて、どれだけ不器用なの。

結衣子さんも心配してたんだよ。

あんなに辛い思いをしていたんだね。話してくれれば、私が……、私になにかできたのかな？

私を産もうとしたのは、どうして？　まずは、話はそれからだよ。

お母さん。……違う。やっぱり奈緒さんって呼ぶべきかな。

産んでくれてありがとう。……それもなにか違う気がする。

様々な言葉が、脳内でぐるぐると回っている。

でも、口を開いても、「あ」とか「う」とか、奇妙な音しか出てこなかった。

「つむぎちゃん」

さっきよりもはっきりとした呼びかけに、顔を上げる。

目が合った瞬間に奈緒さんが飛びついてきた。

汗でベチャベチャだからと言おうとしたけれど、奈緒さんも同じように汗だくだった。

けれど、十数年ぶりに触れ合った肌に不快感などなかった。

真夏の気温を遥《はる》かに超えるような体温が、体に伝わってくる。奈緒さんは泣いていた。

首の後ろに回された奈緒さんの左腕から、ミミズ腫れみたいな傷跡の感触が伝わってくる。

どうしよう、なんて言えばいいのかな。

奈緒さんと会ったらあれだけ色々話そうと思っていたのに、いざとなったらなにも言葉が出てこなかった。

耳元で、スッと息を吐いた音がした。

「愛してる」

震えながらのその声は、けれどはっきりと耳に届いた。

奈緒さんの震える背中に手を回す。

「……ずるいよ」

なんとかそれだけ言って、私は奈緒さんを抱きしめる腕に力を込めた。

首筋に感じる奈緒さんのリストカットの本数は数えようもない。でも十四本に違いない。

一本たりとも増えているわけがない。不思議と根拠のない自信が、心を占めていた。

# エピローグ

四月に入り、年々開花が早くなる桜はすっかり散ってしまった。

これから新しい生活が始まる。

化粧板が大分剝がれてきたテーブルに、お椀《わん》を二つ並べた。中に肉じゃががこんもりと盛られている。

「こんなにいっぱいですか？」

対面に座った奈緒《なお》さんが、驚いたように言った。

「だめだよ奈緒さん。術後なんだから、ちゃんと食べないと」

私の卒業式を終えてから、奈緒さんは子宮を摘出する手術をした。経過はよく、現在、退院し自宅療養中だ。

奈緒さんが弱々しく笑った。

「でも、つむぎちゃんが作ってくれたご飯なら食べられる」

そう言ってお椀に箸を伸ばしてじゃがいもを口に頰張った。私はその姿を凝視する。しばらく咀嚼《そしゃく》してからごくりと喉が鳴った。

その隙を狙って声をかける。

「味はどう？」

「すごく美味《おい》しい」

嬉《うれ》しそうに言った奈緒さんを見て、ほっと胸を撫《な》で下ろす。続けて私もじゃがいもを口に入れる。しっとりとして隅々まで味が染み込んでいて、間違いなく奈緒さんが作っていた味だった。

「煮詰める前に、一旦寝かせないといけないなんてね」

調味料で煮込んだあと、常温で数時間放置することで素材に味が染み込む。それが奈緒さんの肉じゃがを作るための、最後の秘訣《ひけつ》だった。

時間を置かないと完成しない美味しい肉じゃがは、互いに向き合って会話ができるまで随分と時間を要した私たちみたいだ。

あの夏の事件から、私たちは家族としての道を歩み出した。けど未《いま》だに、奈緒さん、つむぎちゃんと呼び合い、敬語で会話する。最初は互いに「お母さん」「つむぎ」と呼んだり、敬語をやめようねとルールを決めてみたりしたが、どうにもしっくりこなくて、元の形に落ち着いた。

私たちには、私たちなりの十八年があったということだ。

「つむぎちゃん、予備校は今日から？」

「そう。帰りは遅くなると思う」

「頑張ってね」と声をかけられたのが、少し照れくさかった。

私は胚《はい》培養士を目指すことにした。体外受精という技術で生まれた私だからこそ、患者さんに伝えられる言葉があると思った。

「明日見《あすみ》先生が夕張《ゆうばり》ARTクリニックで働けるよう、枠を確保してるから早く資格を取りなさいって言っていましたよ」

「まだ大分先の話なんだけど」

胚培養士になるためにはいくつかルートがある。私は、大学の生物学部に入り、卒業後、不妊治療施設に一定期間従事してから資格を取得する道を選んだ。

しかし半年の猛勉強の努力も実らず志望大学に落ちた私は、今日から浪人生として勉学に励み、来年再挑戦することにした。そんな私の目標を結衣子《ゆいこ》さんは後押ししてくれて、学費も自分が出すと言ってくれたが、奨学金という形で借り受けることにした。

「浅田《あさだ》さんはお元気ですか？」

私が受験に失敗する一方、純《じゅん》くんは当たり前のように東北の医学部に合格した。

「今度の学会で、お母さんに会うみたいだよ」

あれからしばらくして、お母さんから返信があったそうだ。

十一年ぶりに二人が会う。そこでどんな話をするのかは分からない。でも、純くんが自分から凍っていた時間を溶かそうとしているなら、どんな結果でも応援しようと思っている。

時計の針が八時を指した。

「もう行かないと」

急いで肉じゃがを食べ終えて、リビングを出ようとする。

「あ」

か細い声に呼び止められて足が止まる。振り向くと、奈緒さんがテレビ台隣の収納ラックに目を向けていた。

「ごめんなさい。忘れてた」

収納ラックの前に立ち、チェリーウッドの天板を見つめる。

決して一枚に収まることができない家族の写真が並んでいる。

幼い奈緒さんに抱きつかれた由美《ゆみ》さん、一人で写っている広道《ひろみち》さんは、いずれも奈緒さんの両親で、私の両親でもある。

「行ってきます」

二人に向かって手を合わせる。

先日、隣に一枚写真が増えた。

卒業式の写真。

卒業証書を持った私と腕を絡ませた奈緒さんは、私と同じようなショートヘアで、精一杯の笑みを浮かべていた。

※本作品はフィクションであり、登場する人物・団体・事件等はすべて架空のものです。また、本作品は著者が2019年に得た着想をもとに執筆されました。2024年現在、本作品の根底となる生殖医療に関する法整備・会告などは刻一刻と変化しつつあります。本作品は作品の創作性を重視し、執筆時である2023年12月時点での法律・会告が作中の舞台である2027年まで存続していたら、という架空の設定のもと執筆されております。ご了承賜りますよう、お願い申し上げます。

医療監修協力

メディカルパーク横浜　看護部・培養部
院長　菊地　盤

小学館文庫
好評既刊

# まぎわのごはん

藤ノ木 優

ISBN978-4-09-407031-6

修業先の和食店を追い出された赤坂翔太は、あてもなく町をさまよい「まぎわ」という名の料理店にたどり着く。店の主人が作る出汁の味に感動した翔太は、店で働かせてほしいと頼み込む。念願かない働きはじめた翔太だが、なぜか店にやってくるのは糖尿病や腎炎など、様々な病気を抱える人ばかり。「まぎわ」はどんな病気にも対応する食事を作る、患者専門の特別な食事処だったのだ。店の正体に戸惑いを隠せない翔太。そんな中、翔太は末期がんを患う如月咲良のための料理を作ってほしいと依頼され——。若き料理人の葛藤と成長を現役医師が描く、圧巻の感動作！

**小学館文庫**
好評既刊

## あの日に亡くなるあなたへ

藤ノ木 優

ISBN978-4-09-407169-6

大学病院で産婦人科医として勤務する草壁春翔。春翔は幼い頃に妊娠中の母が目の前で倒れ、何もできずに亡くなってしまったことをずっと後悔していた。ある日、春翔は実家の一室で母のPHSが鳴っていることに気づく。不思議に思いながらも出てみると、PHSからは亡くなった母の声が聞こえてきた。それは雨の日にだけ生前の母と繋がる奇跡の電話だった。さらに春翔は過去を変えることで、未来をも変えることができると突き止める。そしてこの不思議な電話だけを頼りに、今度こそ母を助けてみせると決意するのだが……。現役医師が描く本格医療・家族ドラマ！

小学館文庫
好評既刊

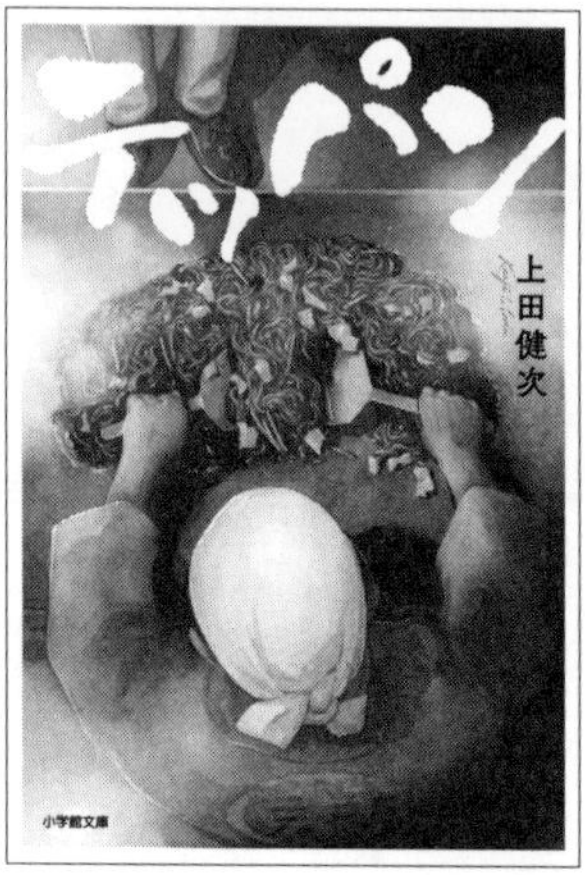


# テッパン

上田健次

ISBN978-4-09-406890-0

中学卒業から長く日本を離れていた吉田は、旧友に誘われ中学の同窓会に赴いた。同窓会のメインイベントは三十年以上もほっぽられたタイムカプセルを開けること。同級生のタイムカプセルからは『なめ猫』の缶ペンケースなど、懐かしいグッズの数々が出てくる中、吉田のタイムカプセルから出てきたのはビニ本に警棒、そして小さく折りたたまれた、おみくじだった。それらは吉田が中学三年の夏に出会った、中学生ながら屋台を営む町一番の不良、東屋との思い出の品で――。昭和から令和へ。時を越えた想いに涙が止まらない、僕と不良の切なすぎるひと夏の物語。

**小学館文庫**
**好評既刊**

# 銀座「四宝堂」文房具店

上田健次

ISBN978-4-09-407192-4

銀座のとある路地の先、円筒形のポストのすぐそばに佇む文房具店・四宝堂。創業は天保五年、地下には古い活版印刷機まであるという知る人ぞ知る名店だ。店を一人で切り盛りするのは、どこかミステリアスな青年・宝田硯《けん》。硯のもとには今日も様々な悩みを抱えたお客が訪れる——。両親に代わり育ててくれた祖母へ感謝の気持ちを伝えられずにいる青年に、どうしても今日のうちに退職願を書かなければならないという女性など。困りごとを抱えた人々の心が、思い出の文房具と店主の言葉でじんわり解きほぐされていく。いつまでも涙が止まらない、心あたたまる物語。

装画　萩結
装幀　長崎 綾（next door design）

藤ノ木 優（ふじのき・ゆう）

産婦人科医・医学博士。2020年、第２回日本おいしい小説大賞に「まぎわのごはん」を投稿。21年、同作を加筆修正し小説家デビュー。その他の著書に『あの日に亡くなるあなたへ』『あしたの名医　伊豆中周産期センター』などがある。

# −196℃のゆりかご

2024年３月24日　初版第一刷発行

著　者　藤ノ木 優
発行者　庄野 樹
発行所　株式会社小学館
〒101-8001　東京都千代田区一ツ橋2-3-1
電話番号　編集　03-3230-5237
販売　03-5281-3555

ＤＴＰ　株式会社昭和ブライト
印刷所　萩原印刷株式会社
製本所　株式会社若林製本工場

 ISBN 978-4-09-386718-4